나밖에 모르는 사람들

나밖에 모르는 사람들

이리나 프레콥 지음 | 신홍민 옮김

큰나무

감정이입이 일어날 때,
사랑이 빛을 발한다

나는 사람들에게 사랑할 수 있는 능력을 증대시켜주는 것을 인생의 가장 중요한 과제로 여기고 있다. 사랑의 의미를 완전히 이해하지도 못하면서, 나는 평생 동안 사랑을 동경하고 사랑을 위해 살았다. 처음에는 자유를 찾으려고 안간힘을 다했다. 그러다가 온갖 의구심과 마음의 상처를 무릅쓰고 자신과 이웃에 대해 사랑을 느낄 수 있을 때, 비로소 사람은 자유로워진다는 사실을 깨닫게 되었다. 중증 장애아동을 둔 부모들과 만나면서, 자기를 희생하는 위대한 사랑의 힘에 나도 손을 보태게 되었다. 마르타 웰치를 통해서 '강제포옹 요법(Festhaltetherapie)'을 접하게 된 것은 내게는 운명이었다. 그러나 나는 원래 어린이 자폐증 환자를 위해 개발한 이 치료법을 점차 더 확대하여, 다른 치료 목적을 위해서도 활용하게 되었다. 특히 베르트 힐링어를 본보기로 삼아, 가족의 상황을 개선하는 데 이 치료법을 이용하였다.

수 십년 간 '강제포옹 요법'을 활용하면서 쌓을 수 있었던 경험과, 내 저서를 출판하면서 겪었던 일들을 돌이켜볼 때 눈에 띄는 점은, 사랑을 위해서 안간힘을 다해 노력하는 과정을 통해서 사랑에 대해 가장 중요한 깨달음을 얻었다는 사실이다. 이는 '강제포옹 요법'에 대한 정의가 어떻게 변해왔는가를 보기만 해도 잘 알 수 있다. 먼저 (대략 1993년까지) '강제포옹 요법'은 "정신적으로 심각한 어려움을 겪고 있는 사람이 소리쳐 분노를 발산하고, 눈물로 걱정거리를 씻어낸 다음에, 다시 더 후련하고 만족스런 기분을 느끼게 될 때까지, 그의 손을 잡아주며 사랑으로 붙잡아준다는 것"을 의미했다.

그런데 시간이 지남에 따라, 매트 위에서 서로를 움켜잡고 싸우고 있는 두 당사자인 아이와 어머니(또는 아버지) 모두에게 자신의 감정을 털어놓을 권리가 있다는 인식이 점점 더 퍼져갔다. 그 결과 오늘날에는 '강제포옹 요법'을 대화로 극복할 수 없는 갈등을 해소하는 데에도 탁월한 효과를 발휘하는 치료법이라고 정의한다. 감정적인 대면이 이루어지면, 두 당사자 모두에게, 말로 표현된 상대방의 감정에 대해 감정이입을 하고, 그것을 이해할 수 있는 기회가 생긴다. 비록 말로 갖가지 유보조건을 내세우기는 해도, 이러한 방법을 통해서 두 사람은 유대관계를 새롭게 하고, 각자 서로를 사랑할 수가 있으며, 또 서로 사랑받는다는 느낌을 받을 수 있다. 그런 과정을 거쳐 감정이입은 점차 치료과정의 핵심

주제가 되어갔다. 감정이입이 안 되면, '강제포옹 요법'은 순전히 기분전환을 하거나, 감정을 억제하는 데 그치고 말 위험에 빠지게 된다. 감정이입이 되어 있어야만, '강제포옹 요법'을 통해서 마음을 열게 할 수가 있다.

몸으로 지각하는 정도가 더 강렬할수록, 감정이입의 정도도 더 심화된다. 이러한 인식을 통해서 나는 감정이입이 사랑의 가장 심오한 본질이라는 사실을 깨닫게 되었다. 이런 깨달음에 도달하고 나서 보니, 내 나이 어언 70줄에 들어서 있었다. 성적인 사랑을 나누기에는 너무 늦은 나이었다. 하지만 감정이입의 중요함을 사람들에게 알리는 데는 아직도 젊은 나이였다.

기술적으로 문명화된 세계에 살면서 사람들이, 해가 갈수록 사랑할 수 있는 능력을 잃어가는 것을 볼 때마다 나는 마음이 불안해진다. 불안감을 느끼는 사람이 비단 나 뿐만은 아닐 것이다. 컴퓨터와 유전자 조작의 시대인 오늘날, 사람들 간의 분위기는 갈수록 더 냉랭해지고 있다. 겉으로 보면, 갈수록 사람은 다른 사람들에게 필요 없는 존재가 되어가고 있다. 인간 상호간의 유대관계가 아니라, 마치 기술적인 장비와의 유대관계를 통해서 인간성이 생성되는 듯이 보인다. 이렇게 막다른 골목으로 빠져 들어가고 있으면서도, 물질적 풍요를 가져다 준 자신의 이성적 능력에 자만한 나머지, 인간은 이 사실을 깨닫지 못한다. 모두가 자기 자신의 모카신만을 신고 다닌다. 다른 사람의 모카신을 신을 필요를 느끼지 못한다. 각자 자신의 은행계좌가 있고, 자동차와 집, 텔레비전, 우편함, 음식이 가득 들어있는 냉장고를 가지고 있다. 모든 사람이 제각기 자기 자신의 물건들을 소유하고 있을 때는, 굳이 그것을 이웃들과 나눌 필요가 없다. 배부른 사람은 배고픈 사람의 처지에 대해 감정이입을 할 필요가 없다. 사랑하는 두 사람 사이에 긴장 감이 팽팽할 때에도, 골치 아프게 깊이 따질 것 없이, 그때마다 아늑하게 꾸며놓은 자기만의 공간으로 물러나는 호사를 누릴 수가 있다.

사랑 속에서 보호받는다는 느낌을 받지 못할 때, 인간은 최소한 안정감이라도 얻으려고 노력한다. 그리고 기능적인 대상들을 통해서 그것을 아주 쉽게 얻어낸다. 인간이 볼 때는, 이런 기능적인 대상들이, 종잡을 수 없이 변덕스러운 인간과의 유대관계보다도 더 믿음직스럽다. 아주 어린 나이에 어린이들이 벌써 사방으로 가로막힌 벽 속에 고립되어, 인터넷이 제공하는 가상의 세계 속으로 고독한 원정을 떠나고 있다. 도시의 높은 이혼율과 점증하는 편부모 세대의 숫자, 그리고 어린이들의 정서 불안과 공격성은, 사회적인 유대관계가 와해되고 있음을 증언하는 지표들이다. 그런데도 사랑받고 또 사랑하고 싶은 욕구는 변함없이 존재한다. 하지만 다시 그 유대관계를 상실하여 또 외로움에 빠질지 모른다는 불안 감도 상존한다. 사랑의 결핍을 실감하며, 자기를 둘러싼 세계의 이기주의와 냉정함을 견뎌내기란 참으로 고통스런 일이다. 그렇기 때문에 점점 더 많은 사람들이 다양한 쾌락수단을 통해서 그 고통을 무마하려고 한다. 술, 마약, 텔레비전과 인터넷에 빠지는 것은 말할 것도 없고, 나르시시즘에 빠진 사람처럼 자신의 자아를 보살핌으로써 스스로의 감각을 마비시키는 것도 그런 행위에 해당한다. 그 동안에 벌써 감각이 마비되어 버린 많은 사람들처럼, 그들은 도대체 자기들에게 무엇이 필요한지조차 깨닫지 못한다. 소외가 점점 더 확산되고 있는 것이다.

위기가 크게 고조되고 난 뒤에야 비로소, 우리는 원인을 찾고 도움을 구하려는 마음을 먹는다. 안젤름 그륀은 홍해 횡단을 그린 그림에 이를 매우 아름답게 표현하고 있다. "변화는 바다의 밑바닥에서, 우리의 불안과 절망의 밑바닥에서 일어난다. 안전한 해안가에 서있는 우리의 눈에 불안이 비치는 곳에서는 변화는 일어나지 않는다." 현명한 사람들은 이런 사실을 벌써 깨닫고 있었다. 다시 말해서 문제는 사랑의 결핍이라는 사실을 벌써 인식했다는 말이다. 나와 너, 주는 것과 받는 것 사이의 양극단 사이에 놓여, 즐거울 때나 슬플 때를 가리지 않고 느낄 수 있는 사랑만이 인간을 인간답게 만드는 것이다. 인간은 누구나 이와 같은 욕구를 가지고 세상에 태어나며, 어머니 뱃속에 있을 때 벌써 이러한 욕구가 충족되는 것을 느끼고 싶어 한다. 사랑을 느낄 수 없을 때, 인간은 무엇이 그 사랑을 가로막고 있는지 찾아내려고 한다. 사랑이라는 강물의 강가를 조사해본다. 사랑을 위험에 빠뜨리는 주변의 영향들을 시험해본다. 인간은 외부에서 사랑의 뿌리에 다가가는 방법을 이해하고 있다.

그런데 사랑의 본질적인 힘은 인간의 내면에 닻을 내리고 있다.

사랑의 숭고한 본질은 섬세한 소재로 구성된 불꽃으로서, 통계에서 사용되는 계량화된 조사수단들을 가지고는 파악할 수 없지만, 그것이 타오를 때는 쉽게 알아볼 수가 있다. 그 불꽃은 광선의 힘을 지니고 있기 때문이다. 그 빛이 자기에게 도달하여 감지할 수 있을 때에야 비로소 여러분은 그것을 인식할 수 있다. 사랑이 이렇게 빛을 발하는 것은 감정이입이 일어날 때이다. 물이 흐르기 위해서는 산비탈이 경사를 이루고 있어야 하듯이, 사랑을 위해서는 반드시 감정이입이 필요하다. 심장에 호흡이 필요하듯, 사랑에는 감정이입이 필요하다. 감정이입은 인간에게 생기를 불어넣는 호흡이다. 로마노 구아르디니는 이와 같이 두 사람 사이에서 이루어지는, 눈에 보이지는 않지만 느낄 수는 있는 대화를 인간 존재의 가장 순수한 표현이라고 설명했다. 실제로 작용하는 현상으로 나타나고 난 다음에야 우리는 감정이입을 지각할 수가 있다. 이와 관련해서 이 자리에서 '현상학적' 이라는 철학적인 개념을 언급하지 않을 수가 없다. 사실 고전적인 자연과학으로는 감정이입이라는 주제를 다루기가 쉽지 않다. 감정이입의 문제를 가장 먼저 취급한 것은, 1916년에 현상학자 에트문트 후설의 지도 아래 감정이입을 주제로 박사학위 논문을 쓴 에디트 슈타인과, 1923년에 『나와 너 Ich und Du』라는 저서를 출간한 마르틴 부버와 같은 위대한 신학자들이었다. 두 사람의 글이 같은 시대에 나왔다는 점이 특이하지 않은가? 이 두 신학자는 개인적으로 모르는 사이였기 때문에, 서로 영향을 끼칠 수도 없었다. 두 사람을 사로잡은 영감은 서로 다른 곳에 뿌리를 두고 있었다. 그런데 그 그들이 영감에 사로잡힌 시점이 흥미롭게도 하필이면 제1차 세계대전이 끝난 무렵이었다. 이 시기에는 기술적인 조작가능성에 대해 사람들이 관심이 크게 고조되어 있었다. 이 두 신학자를 제외하면, 다른 연구자들은 모두 오늘날까지도 감정이입이라는 주제를 다소 무시해온 편이었다. 예를 들면, 대니얼 골먼의 『감성지능 Emotionale Intelligenz』은 모두 422쪽인데, 감정이입에 대해서는 고작 18쪽 밖에 할애하지 않았다. 또 총 854쪽으로 이루어진 『정신분석학 기본개념 편람 Handbuch psychoanalytischer Grundbegriffe』에서 감정이입이 차지하는 분량은 겨우 4쪽 밖에 되지 않는다. 이렇게 중요한 욕구가 지금까지 이토록 주목을 받지 못한 까닭은 무엇일까? 성경의 뜻을 빌리자면, "그들은 눈이 있어도 보지 못하고, 귀가 있어도 듣지 못한다"고 말할 수 것이다.

호흡의 경우도 그렇다. 호흡이 저절로, 그러니까 자연발생적으로 이루어지는 동안에는, 사람들은 그것이 기본적이고 당연한 현상이라는 사실을 깨닫지 못한다. 그러나 호흡이 중단되어 질식할 지경이 되면, 그때 가서야 심각하게 생존에 대해 불안감을 느끼면서 황급히 살 길을 찾아 나선다. 감정이입 능력이 갈수록 메말라간다는 경고 신호들이 날이 갈수록 뚜렷해지고 있다. 다시 말하면 삶이 거칠어지고 인간관계가 더 냉랭해져간다는 징조들이 갈수록 더 늘어나고 있다. 상황이 이렇게 어둡게 되자, 유대관계의 발생과 모성적인 예민한 감수성에 대한 연구들이 행해지고 있

다.(M. 에인스워스, K. 그로스만, H. 파푸젝 등) 최근에는 감정이입을
주제를 한 전문서적들도 점차 늘어나고 있는데, 대부분은 이를 엠
파티(Empathie)라는 이름으로 다루고 있다. 잡지 『심리학 오늘
Psychologie heute』의 2001년 5월 호를 보면, 감정이입이라는 주
제가 내용의 거의 전부를 차지한다. 이러한 현상들과 마주칠 때마
다, 주저하지 않고 나는 참으로 다행한 일이라고 말하곤 했었다.
그런데 그렇게 말해놓고 나서 보면, 그것들이 주로 유물론적인 측
면에 비중을 두고 있다는 사실이 금방 드러나고 만다. 다시 말하
면 사랑의 가치를 전면에 내세우지 않고, 감정의 교류 과정에서
발생하는 신경 화학적 현상들을 기술한다는 것이다. 뇌 속에서 일
어나는 현상을 이해하는 것도 전체를 이해하는 과정에 해당한다.
이는 의심할 여지가 없는 사실이다. 그런데 이 사람들은, 감정이
입이 없이는 사랑에 성공할 수가 없으며, 그렇기 때문에 감정이입
을 촉진해야 한다는 지극히 간단한 사실에 대해서는 거의 주의를
기울이지 않는다.

　아서 치아라미콜리의 『감정이입의 요인 Die Empathie-Faktor』를
읽었을 때, 먼저 나는 내 책이 필요 없을지도 모른다는 인상을 받
았다. 내가 마음에 담고 있는 것이 이 책에 표현되어 있기 때문이
었다. 나는 그의 견해에 전적으로 동의한다. 마치 그가 나의 형제
같다는 느낌이 들 정도이다. 그런데 내가 그 책의 독자 입장이 되
어 생각을 해보니, 부피만 해도 300쪽이 넘는데다, 내용도 학문적
인 수준이어서, 많은 사람들은 읽기에 벅차다고 느낄 수도 있겠다

는 염려가 들었다. 내가 보기에는 쉽게 읽을 수 있으면서 분량도 적고, 또 독자들에게 실질적인 도움을 줄 수 있는 제안이 담긴 책이 필요하겠다는 생각이 들었다.

나는 일부러 엠파티라는 개념 대신, 감정이입이라는 말을 사용하기로 하였다. 이 두 개념이, 하나는 고대 그리스어에서 파생되었고 하나는 독일어이지만, 어원상으로 동일하고 의미상으로도 일치하기 때문이다. 'em'은 '안으로(ein)'라는 뜻이며, 'pathos'는 감정, 감동, 고통이라는 의미를 갖는다. 나는 철학적인 설명도 하지 않을 것이다. 될 수 있으면, 상식적으로 생각하는 사람이라면 누구나 감동과 자극을 받아서, 이를 행동으로 옮기고 싶은 마음이 들도록 쓰려고 한다.

나는 먼저 우리의 일상생활에서 구체적으로 벌어지는 상황들, 다시 말하면 눈을 씻고 봐도 감정이입을 하려는 마음가짐을 찾아볼 수 없는 듯이 보이는 상황들에 대해서 살펴볼 것이다. 그 증거를 확보하는 과정에서는 먼저 외적인 현상에서 시작하려고 한다. 그 다음에는 사랑과 인간의 정체성이 위험에 처해 있는 깊은 내면세계 속으로 점차 파고들어갈 것이다. 그와 동시에 감정이입을 무분별하게 자기 자신의 이익을 위해 악용할 경우에 나타나는 부정적인 측면이 상대방에게 어떤 영향을 끼치는가에 대해서도 살펴볼 생각이다. 이와 같은 다양한 예를 바탕으로, 여러 가지 인식들을 일반화하고, 감정이입을 정의하고, 어린 시절에 반드시 치러야 할 학습과정에 대해 기술하고, 그것을 저해하는 요인들을 지적

하고, 마지막으로는 다른 모든 삶의 단계에 필요한 제안들을 도출
하려고 한다.

제 1 장
감정이입의 결핍

식탁에 음식이 푸짐하게 차려져 있고, 그 앞에 놓인 기품 있는 의자 위에 작은 신발이 놓여 있다면 이야말로 시대정신의 상징이 아니겠는가? 주위 사람 고려할 거 없이, 누구나 물질적인 풍요와 오락, 자유를 만끽하기만 하면 된다는……

그런 일이 있을 때, 부모는 반드시 규칙들을 정해놓고 아이들에게 가르쳐야 한다. 이런 경우에는 먼저 신발을 벗고 의자에 올라가야 한다고 알려주어야 한다. 이것은 다른 수많은 규칙들에 대한 한 가지 예에 지나지 않는다. 일관되게 그런 식으로 행동하다 보면, 좋은 습관이 형성되어 마침내 몸에 배게 된다. 그러면 일부러 노력하지 않아도 저절로 바람직하게 행동하게 된다. 나중에 그런 행동을 해야 하는 논리적인 이유를 알게 되고, 다양한 상황 속에서 이를 정리할 수 있게 되면 아이는 자기가 배운 것을 의식적으로 적용하게 될 것이다. 의식적이 아니라 자연스럽게 적용할 수도 있다.

1. 지하철과 기차에서

여긴 누구 자리죠?

두 젊은 여자가 열띤 표정으로 깊이 대화에 빠져 있다. 보아하니 유치한 주제가 아니다. 옷도 싸구려가 아니다. 아르마니와 욥이라면 명품에 속한다! 화장 솜씨도 맵시가 있다. 그때 한 노인이 힘겹게 지하철에 오른다. 앉을 자리를 찾아 주위를 살피지만 빈 좌석이 없다. 노인은 한 손으로 출입문 옆에 있는 쇠막대를 꽉 붙잡는다. 다른 한 손에는 지팡이를 들고 거기에 몸을 의지한다. 노인의 몸이 좌우로 흔들린다. 파킨슨 질환이 그를 이토록 괴롭히는 것이다. 그런데 자리에서 일어나 그에게 좌석을 양보하는 사람이 아무도 없다. 노인 바로 옆에 두 젊은 여자가 앉아있지만, 그들은 그가 그곳에 서있는 줄도 모르고 있다. 나는 그들이 이야기에 깊이 열중한 나머지, 머리가 센 그 노인이 옆에 서있는 것을 눈치 채지 못한다고 생각한다. 안타깝지만 나도 자리가 없이 서있기 때문에 노인에게 양보할 자리가 없다. 비록 벌써 70 고개를 넘은 나이이지만, 그래도 난 여전히 정정하다. 하지만 노인은 나와 달리 건강이 아주 나쁘다. 그런데 그에겐 드러내놓고 도움을 청할 용기가 없는 것 같다. 내가 나서서 그를 돕기로 하고, 두 여자에게 말을 건다.

"실례지만 이 할아버지에게 자리 좀 양보해 주시겠어요?"

"하지만 우리가 먼저 앉았는데요!"

두 여자 가운데 한 여자의 대답이다. 두 사람은 마치 스키장 리프트 앞에 늘어선 장사진을 비집고 들어와 새치기를 하는 얌체족을 노려보듯 나를 뚫어지게 바라본다. 재판관이라고 해도 그렇게 매서운 눈길로 나를 나무라진 못할 것이다. 우스운 논리이긴 하지만, 분명히 그 여자 말이 맞기는 맞다. 뻔뻔스럽기 짝이 없어서 그렇긴 하지만. 그래서 나는 내 논리에 힘을 싣기로 한다.

"하지만 이 할아버지는 당신보다 더 나이가 많아요."

여자들은 나를 쳐다보지 않는다. 나를 웃기는 할망구라고 생각하는 걸까? 그렇다고 만만하게 물러설 내가 아니다. 난 좀 더 큰 소리로 내 주장을 되풀이 한다. 그 말에 두 여자가 대꾸한다.

"하지만 그건 저 할아버지의 문제예요. 할머니도 늙었지만 자리를 비켜달라고 부탁하지는 않잖아요!"

난 입을 다문다. 다른 할 말에 대한 마련이 없어서가 아니다. 누가 보더라도 아직은 정정한 나와 금방이라도 쓰러질 것 같은 할아버지는 차이가 있다는 것을 알 수 있다. 이런 사실을 그들에게 지적해주어야만 할 것 같았다. 파킨슨 질환에 대해 설명하고, 더 나아가 이 할아버지가 몸의 균형을 유지하기 위해 얼마나 힘겨운 노력을 하고 있는지 알려주어야 할 것 같았다. 그러자면 전제 조건이 필요했다. 두 젊은 여자들이 내 말에 귀를 기울여주어야 한다. 그렇지 않으면 아무리 상황을 설명하려고 해도 소용이 없을 테니까 말이다. 하지만 이 두 여자는 다시 자기들끼리 이야기에 열을 올리며 나에게는 눈길조차 주지 않는다. 그런데 그 동안 다른 승객들이 우리에게 귀를 기울이고 있었다. 점점 더 사람들이 관심을 가지고 할아버지와 나를 쳐다보고 있었다. 하지만 난 괘념치 않기로 한다. 많은 사람들 앞에 나서는 데 익숙하기 때문이다. 단지 할아버지만 마음이 불편할 따름이다.

"부탁이에요. 그만두세요. 전 금방 내릴 거예요."

"하지만 누군가는 말을 해야 해요."

난 할아버지 말에 어깃장을 놓는다.

"제발 그만 두세요."

할아버지는 이렇게 부탁하면서, 내게서 거리를 두려고 한다.

난 사명감을 가지고 도움을 주려고 하는데, 이 할아버지는 이 도움을 달가워하지 않는다. 차라리 아무 말도 하지 않는 편이 더 났지 않았을까 하는 의문이 퍼뜩 뇌리를 스치고 지나간다. 그래서 나도 입을 다물기로 한다.

그렇다. 우린 늘 이런 식이다. 불쾌한 일을 당하고 싶지 않아 입을 다문 채, 세상이 삭막해지는 꼴을 멍하니 바라보기만 한다.

두 젊은 여자는 자기들이 옳다고 느낀다. 전혀 다른 논리로 생각하기 때문이다. 그들은 특수하고 피상적인 논리에 매달리고 있다. 이번 일의 경우 그들은 누가 더 먼저 지하철을 탔는가를 논거로 내세운다. 주위 사람들이 속으로 어떻게 생각하는지에 대해서는 전혀 문제 삼지 않는다. 이런 능력을 키우려면 반드시 그들의 상황 속으로 들어가 그들의 마음으로 생각하려고 해야 한다. 그랬으면 두 젊은 여자는 나의 상황과 그 늙고 병든 노인의 상황을 구별하여 파악할 수 있었을 것이다.

감성 지능이 형성되지 못하게 방해한 사람은 누구인가? 젊은이들이 범인이 아닌 것은 분명하다. 범인은 바로 젊은이들에게 그것을 가르칠 책임이 있는 사람들이다.

좌석에 발 올려놓기

뮌헨 발 쾰른 행 특급 열차의 객실 좌석이 절반쯤은 비어있다. 승객들은 모두들 한껏 편한 자세로 앉아 있다. 나는 신발을 벗고 맞은 편 빈 좌석에 발을 올려놓는다. 아우크스부르크에서 한 젊은이가 기차에 오른다. 나이는 스무 살이 넘어 보이고, 깔끔하게 면도를 한 얼굴에 머리를 단정하게 빗었으며, 경쾌하고 스포티한 차림의 세련된 청년이다. 예민한 지식인처럼 보인다. 청년은 내게 옆 자리가 비었느냐고 공손하게 묻는다. 난 물론 그렇다고 대답한다. 그가 가방을 열자 나무랄 데 없이 잘 정돈된 내부가 드러난다. 볼펜, 색연필, 승차권 등 모든 것이 가지런하게 제 자리를 잡고 있다. 청년은 가방에서 테오도르 폰타네의 전기를 꺼내든다. 그러면 그렇지. 내 생각이 틀리지 않았구나! 첫 눈에도 그렇지만, 다시 보아도 교양 있는 젊은이다. 그런데 세 번째 행동을 보니 그게 아니다. 책을 펼치기 전에, 청년은 발을 맞은 편 좌석에 올려놓는다. 신을 신은 채로 말이다.

"저도 할머니처럼 발을 올려놓을 게요."

젊은이가 자기 행동에 토를 단다.

"아주 똑같지는 않아요. 난 신을 벗었으니까요."

내가 대답한다.

"언짢으세요?"

"언짢지 않아요. 하지만 다음에 이 자리에 앉을 승객이 겪게 될 일을 생각해 보니까 언짢긴 하군요. 젊은이 구두 밑바닥에 붙은 흙먼지들이 그 사람의 옷에 묻을 테니까요. 하얀 치마를 입은 숙녀가 그 자리에 앉게 될지도 모를 일이죠."

"그 점은 미처 생각하지 못했어요. 할머니 생각이 옳아요. 하얀 치마를 입은 아리따운 숙녀를 생각해서라도 차라리 발을 밑으로 내려놓아야겠어요."

그 사이에 한 무리의 청소년이 객실 통로로 들어온다. 아이들은 떠돌이 부랑자들처럼 털썩 바닥에 주저 않는다. 모두들 기분이 들떠 있다. 하지만 소란을 피우지는 않는다. 예의 바른 소년 소녀들이다. 승무원은 승차권을 검사하면서도, 빈 좌석들이 있으니 바닥에 앉지 않아도 된다고 일러주지 않는다. 그래서 내가 나서기로 한다.

"이 객실에는 빈 자리가 여러 개 있어요."

내가 청소년들에게 말을 건넨다.

"우리 모두가 다 앉기에는 부족하잖아요."

아이들 중 하나가 대답한다. "차라리 바닥에 앉아있을래요."

사실 나로서는 청소년들의 그런 모습을 흐뭇하게 바라보기만 했으면 될 일이었을 것이다. 그들에게는 편안하게 여행하는 것보다 같이 지내는 것이 더 중요할 테니까. 싹싹한 옆자리 청년이 의미심장한 미소를 짓는다.

"무슨 뜻인가요?"

내가 묻는다.

"할머니께서 저에게는 그러지 말라고 말려놓고서, 지금 와서 저 아이들에게는 그렇게 하라고 거드시니까 말이에요. 할머니가 권하는 대로 했으면, 저 아이들은 객실 바닥의 흙먼지들을 바지에 묻혀 좌석의 쿠션에다 옮겨놓았을 거예요."

"듣고 보니 그렇군요."

이렇게 참하고 훌륭하게 성장한 젊은이가 도대체 무슨 연유에서 집에서 이런 승차예절을 배우지 못한 것일까? 젊은이는 내게 양친의 직업이 모두 고등학교 교사라고 이야기한다. 1970년대를 휩쓴 자유화 물결의 세례를 받은 그의 부모는 자식을 키우면서 절대로 강제력을 행사한 적이 없었다고 한다. 양친 모두 개성이 강한 분들이어서 아들은 주저하지 않고 부모를 본보기로 삼고 살았다. 어린이의 호기심이나 지식욕구에 대해 젊은이의 양친은 한번도 제동을 건 적이 없었다. 어린아이 적에 벌써 한밤중이 되도록 컴퓨터 앞에 앉아 있어도 청년의 부모는 말리지 않았다. 청년은 가장 먼저 스노보드로 스키장을 씽씽 대며 달릴 수 있었던 청소년들 가운데 한 사람이었다. 집에 들어올 때는 신발을 벗지 않아도 되었고, 많든 적든 날씨에 따라 신발에 묻히고 다닐 수밖에 없었던 흙이나 먼지를 털어 낼 필요도 없었다.

그 사이에 한 어머니가 네 살 정도 되어 보이는 사내아이를 데리고 우리 객실로 들어온다. 그들은 창문 쪽의 좌석을 예약해두었다. 꼬마 녀석은 곧바로 좌석으로 올라와 선 채로 승강장의 광경을 바라본다. 엄마는 아이를 위해 조심스럽게 그 옆에 서서 아이가 본 광경들에 대해 맞장구를 치거나 설명해준다. 바람직한 장면이다. 그런데 아이가 신은 고무장화가 여전히 젖어있다. 하지만 엄마는 이를 거들떠보지도 않는다. 아이는 젖은 장화를 신은 채 계속 좌석 위에 서있다.

"저게 바로 어렸을 적의 제 모습이에요. 저와 비슷한 장면을 찍은 사진이 제 사진첩에 꽂혀 있어요. 할머니와 할아버지의 은혼식 때 찍은 사진인데, 아직은 꼬마이던 내가 식탁 의자 위에 서서, 그

분들과 건배를 하고 있어요. 오늘날까지 그 누구도 신발을 신은 채 그 섬세한 비단 위로 올라선 일을 두고, 내게 꾸중을 한 적이 없어요. 할머니가 정말 자랑으로 여기던 비단이었는데 말이에요.”

식탁에 음식이 푸짐하게 차려져 있고, 그 앞에 놓인 기품 있는 의자 위에 작은 신발이 놓여 있다면 이야말로 시대정신의 상징이 아니겠는가? 주위 사람 고려할 거 없이, 누구나 물질적인 풍요와 오락, 자유를 만끽하기만 하면 된다는……

그런 일이 있을 때, 부모는 반드시 규칙들을 정해놓고 아이들에게 가르쳐야 한다. 이런 경우에는 먼저 신발을 벗고 의자에 올라가야 한다고 알려주어야 한다. 이것은 다른 수많은 규칙들에 대한 한 가지 예에 지나지 않는다. 일관되게 그런 식으로 행동하다 보면, 좋은 습관이 형성되어 마침내 몸에 배게 된다. 그러면 일부러 노력하지 않아도 저절로 바람직하게 행동하게 된다. 나중에 그런 행동을 해야 하는 논리적인 이유를 알게 되고, 다양한 상황 속에서 이를 정리할 수 있게 되면 아이는 자기가 배운 것을 의식적으로 적용하게 될 것이다. 의식적이 아니라 자연스럽게 적용할 수도 있다.

과거 체코공화국에서는 주택단지 건설이 마무리 되지 못한 채 만성적으로 지연된 관계로 독특한 예절이 생겨났다. 고층 아파트들 주위를 보면 대개 두 번 다시 이런 곳이 있을까 싶을 정도로 지저분한 건축공사장 신세를 면치 못하고 있었다. 사람들은 날씨에 따라서 어느 때는 시커먼 소택지로, 또 어느 때는 회백색의 웅덩이로 변하는 진창길을 헤치고 다녀야 했다. 자기 집에서 다른 집으로 건너갈 때 다리처럼 이용하려고 놓아두었던 판자들이 없어지지 않고 아직까지 남아있기라도 하면 운수 좋은 날이라고 말할 수 있을 정도였다. 그런 어려움 속에서 집주인이나 손님들을 번거롭지 않게 하기 위한 예절이 생겨났다. 손님들은 각자 집에서 신던 슬리퍼를 들고 가게 되었다. 더 나아가 슬리퍼를 가져오지 못한 손님이 있으면, 손님용으로 특별히 준비해둔 슬리퍼 한 켤레를 내주는 것이 집주인으로서 예의를 지키는 일이 되었다. 거기서 예절에 대한 독특한 가치평가 문화가 생겨났다. 주인이 전에 왔던 손님이 사용한 슬리퍼를 빨지도 않고 다음 손님에게 내주는 것은 예의에 어긋난 일이 되었다. 그 결과 손으로 만든 슬리퍼들을 깨끗하게 빨아서 출입문 앞 신발장에 준비해두는 것이 유행이 되었다.

"J 씨는 절대로 자기 슬리퍼를 들고 오는 법이 없는 거 알아요? 염치없는 사람 같으니!"

내 자신도 그런 습관에 제대로 적응이 되지 않았다. 아마도 내겐 주택 단지의 고층아파트에 사는 친구들이 거의 없었기 때문이었을 것이다. 서방 세계로 피신해 오고 나서 난 이곳의 예절에 쉽게 적응했다. 이곳 예절이 내가 청소년 시절에 익힌 예절과 비슷했기 때문이었다. 이곳에서는 손님이 신발털이 발판에서 흙먼지를 털어낸 다음에 신발을 신은 채 응접실로 들어가는 것이 예의이다. 동구 사회주의가 몰락한 이후, 이제 나의 옛 고향에서 손님들이 자주 나를 찾아오곤 한다. 나는 출입문에서 모든 사람들에게 인사를 하며 한 사람씩 악수를 나누거나 포옹을 하려고 한다. 그런데 안타깝게도 그게 쉽지가 않다. 어떤 사람은 손에 신발을 들고 있고, 어떤 사람은 허리를 숙인 상태로 신발 끈을 풀고 있으며, 또 어떤 사람은 있지도 않은 손님용 슬리퍼 넣어두는 곳을 찾고 있기 때문이다. 이 나라에서는 신발을 벗을 필요가 없다고 하면, 보통 그들은 반신반의하는 표정을 짓는다. 습관이라는 것은, 이렇게 한번 몸에 붙으면 평생을 가는 법이다. 결국 체코에서 온 손님들은 신발을 벗고 양말차림으로 나의 거실에 들어온다. 신발을 신고 있는 사람은 나 혼자 뿐이다.

전 세계를 살펴보면 신발을 벗는 것과 관련해서 극히 다양한 풍습이 있다는 것을 확인할 수 있다. 미국과 터키의 많은 가정에서도, 손님들이 신발을 벗어서 신발장에 넣어두는 것을 지극히 당연하게 여긴다. 그렇다고 해서 그 사람들이 예전의 체코공화국에서처럼 고층아파트 주변이 워낙 지저분하니 이렇게 하는 것이 예절이라고 주장하는 것은 아니다. 오히려 신발을 신발장에 넣는 행위에는 '고귀한 왕국'에 발을 들여놓을 사람은 그에 합당한 정화의식을 치러야 한다는 의미가 담겨 있다. 그게 무슨 의미가 있겠는가? 교황을 알현하기 위해 초청받은 사람들에게도 신발을 벗으라는 요구는 하지 않으니까 말이다. 또 그 어느 텔레비전 방송을 봐도 왕의 궁전에 신발을 벗고 양말차림으로 들어가는 사람들은 보이지 않는다.

　각 문화권에서 어떤 이유를 내세우든 그에 상관없이 사람은 자기가 살고 있는 곳에서 그 이유에 적응하며 살아가야 한다. 그것은 자기 이웃들의 삶의 방식을 존중하며 공존할 마음의 준비가 되어 있다는 것을 보여주는 행위이다. 담배를 피우지 않는 나에게는 평화의 담뱃대가 입맛에 거슬릴 것이다. 그래도 난 인디언 추장과 함께 담배를 피울 것이다. 이러한 공통의 체험이 있어야, 그 토대 위에서 함께 협상을 벌일 수 있기 때문이다.

길 양보

　나는 객실 통로를 통해 식당 칸으로 가는 중이다. 내 맞은편에서 스포티한 차림을 한 거대한 체구의 한 여자가 걸어오고 있다. 그 여자에게 무슨 종목의 운동을 시키면 좋을까 하는 생각이 퍼뜩 머릿속을 스치고 지나간다. 투포환이나 역도를 시키면 어떨까? 거대한 배낭 때문에 그녀의 뒷모습이 풍만한 가슴이 드러나는 앞모습보다 훨씬 더 널찍해 보인다. 그녀의 출현으로 객실 통로가 꽉 막혀서 난 옆으로 비켜지나갈 수가 없다. 어떻게 해야 우리 모두 비켜지나갈 수 있을까? 각자 숨을 멈추고 한 객실의 열린 출입문들 안으로 한 걸음씩 조금만 비켜나면 서로 빠져나갈 수 있을 것도 같다. 이런 생각을 하면서 난 그녀를 바라본다. 하지만 그녀는 뒤도 바라보지 않고, 마치 프로그램이 입력된 로봇처럼 계속 앞으로 걸어오기만 한다. 난 얼마간 뒤로 물러서다가 용기를 내어 앞으로 걸음을 내딛으며 그녀에게 미안하다고 말을 건네고, 어떻게 하면 우리 두 사람이 옆으로 비켜지나갈 수 있을지 몸짓으로 신호를 보낸다. 하지만 그 여자는 세 마리 원숭이처럼 행동한다. 다시 말하면 나를 보지도, 나의 존재를 느끼지도, 내 말에 귀를 기울이지도 않는다. 마치 내가 없다는 듯이, 그 여자는 오던 길로 계속 오고 있다. 나로서는 뒷걸음질 쳐서 다음 객실로 물러나 그 여자가 지나갈 수 있게 해주는 수밖에 없다. 다른 무슨 방도가 있겠는가? 그러고 난 다음에야 식당 칸을 향해 발걸음을 옮길 수 있다. 난 휴! 하고 한 숨을 돌린다. 무엇을 주문해야 내 마음을 진정시킬 수 있을까?

이런 일을 겪고 나서, 나는 그 여자가 어린 시절에 어떤 교육을 받으며 자랐을지 곰곰이 생각해본다. 내 마음의 눈에 작은 소녀의 모습이 보인다. 어머니 손에서 벗어난 소녀는 아무 거리낌 없이 인도 위를 사방으로 뛰어다닌다. 사람들 옆을 스치며 뛰어다니는 소녀의 눈에는 사람들의 다리만 보일 뿐, 얼굴은 보이지 않는다. 우연히 사람들과 부딪힐 경우에도, 누구 한 사람 소녀에게 말을 건네지 않는다. 아이를 따라다니다가, 손을 붙들고 조심하라고 말해주는 어머니도 없다.

"애, 여기 좀 봐. 여긴 너 혼자만 있는 게 아니잖아. 네가 몸을 부딪치면 사람들이 싫어해. 나이가 많아서 걷기가 힘든 사람들도 있

고, 무거운 가방을 들고 가는 사람들도 있거든. 그런 사람들에게
는 길을 비켜주어야 돼. 그러다가도 사람들과 몸이 부딪쳤을 때에
는 미안하다고 말해야 돼. 우리 함께 연습해보자."
  이렇게 가르치는 어머니가 없다는 것이다. 이쯤 돼야 너그럽고
친절하고, 부모가 본보기를 보이는 교육이라고 할 수 있을 텐데
말이다.

2. 보행자 전용구역과 장보기

오늘날에는 보행자 전용구역과 쇼핑센터가 말하자면 한 지붕 아래 있는 경우가 많다. 그것도 좋은 일이다. 보행자 전용구역 전체가 거대한 쇼핑센터처럼 설계되어 느긋하게 산책하면서 친지들과 만나고 커피를 마실 수 있는 것도 사람들에게 즐거움을 줄 수 있다. 이곳에서는 키가 큰 사람과 작은 사람, 독일인과 외국인, 흑인과 백인, 장애인과 비장애인, 걷는 사람과 롤러스케이트를 타는 사람, 심지어 비둘기와 개까지 모두가 제각기 자기 자리를 차지하고 있다. 하지만 모든 사람들이 항상 자기 자리를 편안하게 여기는 것은 아니다. 어떤 사람에게는 여러 가지로 즐거움을 주는 자리가, 다른 사람에게는 불편함을 줄 수도 있다. 토요일 오전에는 그런 현상이 특히 심해진다.

마구 뛰어노는 아이들

한 시각장애인이 지팡이로 앞을 더듬으며 걸어가고 있다. 다섯 살 정도 된 여자아이 둘이 그 사람 주위를 돌며 숨바꼭질 놀이를 하고 있다. 아이들은 그 시각장애인을 잠시 몸을 숨기고 주위를 살피다가 상대를 붙잡거나, 다시 숨바꼭질을 시작하기에 안성맞춤인 지형지물 정도로 밖에 여기지 않는다. 하지만 그 같은 놀이는 시각장애인을 고통스럽게 한다. 그렇지 않아도 성가신 일이 많은데, 새로운 방해물이 나타나 연신 길을 가로막고 있으니 말이다. 두 아이는 연신 그와 몸을 부딪기까지 한다. 아이들이야 노느라 즐겁겠지만 시각장애인으로서는 고역이 아닐 수 없다.

"제발 다른 곳에 가서 놀거라."

그가 말한다. 하지만 노는 데 정신이 팔린 아이들은 그의 말에 아랑곳하지 않는다. 나는 그 시각장애인의 변호사가 되어, 직접 아이들에게 말을 걸어보기로 한다. 아이들은 내 말도 듣는 둥 마는 둥 한다. 나로서는 기분 나빠할 일이 아니다. 내겐 아이들에게 이래라저래라 할만한 권위가 없다. 나는 낯선 사람에 지나지 않는다. 그런데 도대체 아이들의 부모는 어디에 있는 걸까? 부모에겐 아이의 행동을 규제할 의무가 있다. 난 주위에 대고 큰 소리로 묻는다.

"이 아이들의 부모님 어디 계세요?"

아무도 나서지 않는다. 행인들만 우리 곁으로 지나갈 뿐이다.

우리란 시각장애인과 두 소녀 그리고 나를 말한다. 우리 넷은 아주 가깝게 붙어있다. 시각장애인은 방향을 잃어버린 탓에 불안해하며 뻣뻣하게 서있는데, 두 소녀는 여전히 숨바꼭질에 마음이 팔려 정신이 없고, 나는 두 아이의 부모를 찾고 있다. 누구도 걸음을 멈추지 않고, 누구도 우리를 쳐다보지 않는다. 모두 지나가는 사람들뿐이다. 다만 여자 셋이 열을 내며 정신없이 수다를 떠는 광경만 보일 따름이다.

"제가 도와드릴까요?"

난 시각장애인에게 묻는다. 자기 힘으로 할 수 있는데, 남이 필요 없는 도움을 주려고 할 때, 장애인들이 얼마나 예민하게 반응하는지 나는 잘 알고 있다. 그런데 이 시각장애인은 내게 고개를 끄덕인다. 그래서 난 두 여자아이 가운데 한 아이를 붙잡아 손을 어깨에 얹고 얼굴을 맞대고 이야기한다.

"얘, 여기 좀 봐. 네 숨바꼭질 때문에 이 아저씨가 힘들잖아. 아저씨는 앞을 볼 수도, 너하고 같이 놀 수도 없어. 네가 뛰어나와 길을 가로막으면, 아저씨는 한 발자국도 앞으로 가지를 못해. 누가 앞에 있으면, 아저씨 대신 앞을 바라보는 이 지팡이가 걸음을 옮기지 말라고 하거든. 네가 조금 비켜나, 저기 가서 놀면 좋겠다. 괜찮지? 그러면 이 지팡이가 앞을 잘 보고 아저씨를 안내할 수 있거든."

소녀는 금방 내 말을 알아듣는다. 숨바꼭질을 멈춘 아이는 앞을 볼 수 있다는 신기한 지팡이를 보고 싶어 한다. 이제 시각장애인은 걸음을 옮길 수 있다.

바로 그 순간 잘 차려 입은 한 여자가 내게 소리를 지른다.

"여기서 내 아이에게 무슨 짓을 하는 거예요? 당신 내 아이 몸에 손까지 대더군요. 내가 다 봤어요. 감히 내 아이 몸에 손을 대다니. 썩 꺼져요. 그렇지 않으면 경찰을 부를 거예요."

그야말로 도와주고 싶어서 나섰다가 누명까지 뒤집어쓰게 된 꼴이다. 그러자 이번에는 그 시각장애인이 날 도와주려 한다. 당황스러울 만도 한데 의연하게 내 처지를 헤아려준다. 놀라운 일이다. 그는 일의 자초지종을 설명하려고 한다. 하지만 그로서는 앞을 볼 수가 없었으니, 자세한 사정을 알 수는 없다. 이 금발 여인은 그 동안 내내 우리가 있었던 곳 바로 옆에서 수다를 떨고 있었고.

"그러니까 당신이 어머니군요. 아, 내가 소리쳐 찾았던 사람, 아이를 책임져야 할 어머니가 바로 당신이군요!"

내 목소리가 마치 정의의 여신 네메시스의 그것처럼 들린다. 부아가 치밀어 오르는 순간, 다행히 아이들이 내 말을 듣고 있다는 생각이 퍼뜩 떠오른다. 아이의 마음을 고려하다면 아이의 어머니를 마구 닦아세워서는 안 된다. 아이가 보는 앞에서 어머니를 깎아내려서는 안 된다. 그래서 날 선 내 목소리를 누그러뜨린다. 아이 어머니의 흥분도 가라앉혀야 한다. 난 호의적으로 말을 건넨다.

"그 동안 친구들하고 재미있게 이야기를 나누느라 아주머니는 자세히 보지 못했을 거예요. 아이들이 이 시각장애인 아저씨에게 바싹 붙어 주위를 마구 뛰어다녔어요. 그 때문에 아저씨가 오도 가도 못하고 있었고요. 그래서 내가 아이를 불렀어요. 그런데 처음에는 아주머니와 똑같이 아이도 내 목소리를 듣지 못하더군요. 하지만 아이가 어쩌면 그렇게도 남의 사정을 잘 헤아리는지, 시각장애인 아저씨를 보살펴드려야 한다고 자세히 설명을 해주니까 금방 내 말을 알아듣는 거예요. 영특한 아이더군요. 아이가 이렇게 감정이입을 잘 할 수 있는 것은 틀림없이 아주머니가 잘 키운 덕분일 거예요. 안녕히 계세요."

마치 슬로모션처럼 여자의 표정이 점차 부드러워진다. 눈에서는 사랑의 광채가 쏟아진다.

"고마워요."

롤러스케이트를 타는 사람들

보행자 전용구역에 있으면 마음이 정말 편안해진다. 하지만 롤러스케이트를 탄 사람이 쌩 하니 옆을 스치고 지나가면 한가로운 마음이 홀연히 사라진다. 내가 몸을 조금만 옆으로 움직였어도 내 뒤에서 달리던 사람이 나를 덮쳤을 거라는 생각이 퍼뜩 떠오르기 때문이다. 그 때문에 인라인스케이트를 타는 사람들에게 벌써 여러 번 그런 얘기를 한 적이 있다. 그런데 돌아오는 것은 하나같이 판에 박은 대답뿐이었다.

"저도 조심하며 타고 있어요."

"이거 원. 아니 길을 걷는 노인이 어느 방향으로 몸을 움직일지 그 짧은 시간에 어떻게 알 수가 있어요?"

롤러스케이트를 타는 사람들은 내 질문에 구체적인 대답을 하지 못했다. 나도 여전히 의문을 해소하지 못한 상태다. 아무튼 쏜살같이 그야말로 예술적으로 롤러스케이트를 타고 다니는데도, 보행자 전용구역에서 거의 사고가 일어나지 않는 것은 확실하다. 나도 다음과 같은 반문에는 쉽게 대답하지 못한다.

"누가 더 조심을 하겠어요? 보행자와 롤러스케이트를 사람들 중에 누가 더 불편함을 느끼겠어요?"

캥거루 주머니를 앞에 찬 아빠

많은 행인들이 몸을 돌려 그 사람을 쳐다본다. 앞에 찬 캥거루 주머니 안에 갓난아기를 넣고 다니는 젊은 남자는 첫 눈에도 정말 인상적이고 근사해 보인다.

"정말 멋있는 남자야! 우리의 아버지들도 저 사람처럼 아버지 노릇을 했으면 좋았을 텐데, 아쉽게도 그렇지 못했어."

행인들의 칭찬에 젊은 아빠는 신바람이 난다. 무엇보다도 자기 아기를 자랑스럽게 여기는 빛이 역력하다. 그는 시선을 앞으로 향하고 있다. 태양을 향해, 먼 이국의 봄날을 향해 시선을 두고 있다. 갓난아기를 바라보지 않는다. 아기는 아빠를 등지고 있다. 4달 내지 5달된 젖먹이는 고개를 아래로 떨어뜨리고 있다. 얼굴에는 호기심도 드러나지 않고, 기뻐하는 빛도 보이지 않는다. 하지만 아빠는 이런 아기의 표정을 확인할 수가 없다. 인파로 북적대는 보행자 전용구역에서, 낯선 자극에 노출된 갓난아기는 오히려 그 상황을 부담스러워한다. 자신을 숨기고 싶어서인지, 모든 것을 못 본 체 한다. 물론 아기는 아빠 얼굴도 완전히 볼 수가 없다. 등으로만 또 발걸음을 통해 전해지는 리듬을 통해서만 아빠를 느낄 수 있을 뿐이다. 둘이 서로 상대의 존재를 느끼긴 하지만, 그 길은 어긋나 있다.

젊은 아버지의 행동을 나쁘게 여길 까닭은 전혀 없다. 누가 봐도 알 수 있다시피, 그는 갓난아기를 위해 모든 것을 다할 마음의 준비가 되어 있다. 그런데 왜 갓난아기의 얼굴 표정에는 신경을 쓰지 않는 것일까? 그는 아기를 전문적으로 올바르게 보살피는 법을 배웠을 것이다. 또 자기가 하는 방식이 절대적으로 옳다고 확신하고 있을 것이다. 누구나 그렇게 생각할 수 있다. 아내가 그에게 광고사진에 나와 있는 것과 다른 방식으로 아기를 데리고 다니는 법을 가르쳐주었을까? 얼굴을 마주 보고, 아이가 내뱉는 소리와 감정에 반응해주면서 안고 다녔더라면 훨씬 더 좋았을 것이다. 그랬더라면 아기는 아빠가 자기 기분을 알아준다는 느낌도 받을 수 있었을 것이다.

젊은 아버지에게 말을 걸려고 마음먹는 순간, 의구심이 밀려들었다. 그가 내 말에 어떤 반응을 보일지 상상해보았다. 자기 아내가 그렇게 하라고 해서 앞에 캥거루 주머니를 찼다고 말할 가능성이 가장 크다. 그녀로서는 그렇게 아기를 메는 것이 옳은 방법이라고 알고 있을 것이기 때문이다. 그렇다면 나로서는 그녀나 남편이나 다 똑같이 갓난아기에게 감정이입을 하지 못한다는 결론을 내릴 수밖에 없다. 그런 생각을 하자, 난 내가 마치 못된 시어머니가 된 것 같아 마음이 불편해진다. 나는 차라리 발길을 돌이켜 가던 길을 계속 가면서, 언젠가 이 문제에 대해 글을 한 편 써야겠다고 마음먹는다.

엄마를 기다리는 아이

백화점 입구 앞이 인파로 크게 북적거린다. 오고 가는 사람들로 혼란스럽다. 이곳에서는 키가 큰 어른들만 주위를 살펴볼 수 있다. 키 작은 사람들은 길을 잃을 수도 있다. 우선 나를 생각해 보니 그런 생각이 든다. 내 키는 전에도 작았지만, 나이가 들면서 점점 더 오그라들고 있다. 그때 한 아이가 우는 소리가 들린다. 아이가 보이지 않기 때문에, 나는 귀를 기울이며 울음소리가 나는 곳을 바라본다. 아이가 이곳에 서있다. 여섯 살 정도 된 작은 소년이다. 울다 지쳐 탈진한 상태다. 내 물음에 아이는 자기 어머니를 기다리는 중이라고 대답한다. 어머니가 가면서, 자기가 올 때까지 기다리고 있으라고 당부했다고 한다. 가까운 근처에 있는 옷가게에만 잠깐 들렀다 오겠다고 했다는 것이다. 그런데 기다린 지가 벌써 한참이 되었는데도, 어머니는 아직 오지 않고 있다. 아기는 어머니에게 무슨 일이라도 일어났을까봐 매우 걱정하고 있다. 나쁜 사람들이 어머니를 잡아갔을지도 모른다고 생각한다. 허공으로 날아다니는 못된 요괴들이 말이다. 거기다 아이는 목이 마르고, 소변까지 마렵다.

"엄마가 올 때까지 내가 네 곁에 있을게. 됐지?"

난 소년을 달래려고 애쓰며 내 오렌지 주스를 건넨다. 아이에게 엄마의 생김새에 대해 물어보지만 소년은 대답하지 못한다. 자기 어머니가 진 바지와 다채로운 블라우스를 입고 있다는 것밖에 모른다. 또 어머니가 상냥하다는 것도 알고 있다. 난 아이 옆에 서서, 파란 진 바지에 다채로운 블라우스를 입은 상냥하게 생긴 여자를 찾는다. 소년이 말하는 인상착의에 맞는 사람들이 너무나 많이 지나간다. 나는 가끔 그들 중 한 사람에게 혹시 아이를 찾고 있지 않느냐고 말을 건네기도 한다. 대답 대신 내게 돌아오는 것은 대개 찡그린 얼굴표정이다. 내가 봐도, 내가 미친 사람 같다. 우리는 기다리고, 기다리고 또 기다린다.

소년을 만난 지 정확하게 22분이 지난 뒤에 쇼핑백을 든 엄마가 아이를 향해 달려온다.(그 동안 아이는 혼자 기다렸고, 그 기다림이 너무 길어 절망스러워 하고 있었다.) 아이는 "엄마!" 하고 크게 소리치며, 그녀의 엉덩이를 껴안는다. 두 손에 잔뜩 쇼핑백을 들고 있는 까닭인지, 어머니는 아이의 그런 환영을 달가워하지 않는 눈치다.

"당신 아이는 이곳에서 30분도 넘게 당신을 기다렸어요. 목도 마르고 화장실도 가고 싶어 해요."

내가 그녀에게 말을 건넨다. 하지만 아무 대답도 없다. 그녀에겐 마치 내가 눈앞에 없는 듯하다. 안타까운 일이다. 어쩌면 난 그녀에게 여섯 살짜리 아이의 인지능력과 소화능력에 대해 짤막한 연설을 했을지도 모른다. 그랬더라면 취학연령 이전의 아이에겐 세상을 마법적으로 이해하는 경향이 있기 때문에, 아직은 상상과 현실의 차이를 구별하지 못하며, 아이가 이치에 닿지 않는 불안감에 휩싸이더라도 이를 어찌할 수가 없다고 설명했을 것이다. 사실 그녀에게 자신의 경험을 상기시켜 주고, 그것을 자기 아이의 경험과 비교하게 해주고 싶은 마음이 굴뚝같았다. 어릴 적 꼬마 시절에 키 큰 어른들이 북적대고 있는 틈바구니에 서있는데, 목이 마르고, 오줌보는 곧 터지려고 하는데, 화장실에 갈 수는 없고, 거기다 기다리는 사람은 언제 올지 몰라 막막했던 경험 말이다.

"왜 또 징징거리니? 네게 엄마가 어디 있는지 말해줬잖아. 이 손 놓고, 어서 가자!"

이것이 그 어머니에게서 나온 유일한 반응이다. 마음 졸이며 기다리느라 힘들었는데 이제 와서 아이는 욕까지 얻어먹는다.

내 안에서 분노가 치밀어 오르는 것이 느껴진다. 아이의 변호인이 되어, 아니면 그냥 아이를 위해서 어머니라는 여자에게 당장이라도 한바탕 퍼부어주고 싶다. 하지만 인생의 경험이 쌓이면서, 난 이성의 도움을 빌려 우발적인 충동을 제어하는 법을 터득했다. 여자를 이해할 수만 있다면 좋을 텐데! 살면서 무슨 일이 있었기에, 자기 아이의 마음을 헤아리는 데 저토록 인색한지, 그 내막만이라도 알고 싶었다. 그녀에게 물어볼 수도 없다. 날랜 걸음으로 인파들 사이로 사라져 버렸기 때문이다. 난 혼자 생각에 젖어, 그녀의 경우와 비교할만한 내 경험을 돌이켜 본다. 아이에게 감정이입을 하는 데 매정한 부모들의 특징은 그들 자신이 어린 시절에 부모에게서 감정이입을 받아본 경험이 없다는 데 있다. 그들은 이른바 맞벌이 부부의 자녀들이 어머니 대신 보살펴줄 적당한 보호자가 없어서 감내할 수밖에 없었던 운명을 겪었을 것이다. 아니면 그들 자신이 어린 시절에 극단적인 응석받이로 자랐을 것이다. 온실 속의 공주나 어린 독재자로 지내면서, 감정이입하는 법을 배울 필요도, 남을 고려할 필요도 없었을 것이다. 그들 몸에는 모든 사람들이 다 자기들이 원하는 대로 다 해줘야 직성이 풀리는 버릇이 배어있다. 이 소년의 어머니가 어느 경우에 해당하는지는 추측하기 어렵다. 아무튼 난 그 여자가 안돼 보였다. 남의 마음을 헤아릴 줄 모르는 마음가짐을 가진 사람은 남들에게 사랑을 받을 기회가 거의 없기 때문이다.

어린이들에게 주는 선물

선물을 받아보면, 선물을 주는 사람이, 꿈에 그리던 나의 소망을 족집게처럼 알고 있는지 모르는지 알 수 있다. 우리 어머니는 생일에 신사 와이셔츠용 커프스단추를 선물하는 구혼자가 있으면 퇴짜를 놓아야 한다고 내게 충고하곤 했다. 그러면 오늘날 어린이들은 무슨 선물을 받을까? 그 점에 대해서 텔레비전 방송국 기자인 라인하르트 칼이, 자신의 관찰을 토대로 하여, 괴팅엔주의회에서 '방향을 찾아 헤매는 아이들' 이라는 제목으로 했던 연설의 내용을 인용할까 한다.

"부모들은 2살 반 된 딸에게 최신 기술로 된 세발자전거를 선물합니다. 그런데 딸에게 자전거 타는 연습을 시키기 위해 애를 쓰지는 않습니다. 꾸준히 연습을 해야 균형을 유지할 수 있고, 세발자전거를 타는 즐거움도 누릴 수 있는데, 부모들은 전혀 그 점을 깨닫지 못하는 겁니다. 12살짜리 사내아이를 둔 부모가 생일에 아이에게 클래식기타를 선물합니다. 아이가 호기심에서 되는 대로 줄을 퉁겨보는데, 엉성하게 불협화음이 울려나옵니다. 그런데 아버지는 이렇게 말합니다. '벌써 기타를 아주 잘 치는데!'"

칼은 아이는 기타를 전혀 못 치게 될 거라고 지적한다. 아버지가 좀 때 이른 칭찬을 했기 때문이라는 것이다. 그런데 아이의 어머니는 아이들은 자주 칭찬을 해주어야 하지 않느냐고 항변했다고 한다. 칼은 계속한다.

"19살 된 딸이 대학을 다니러 헤센주에서 베를린으로 이사를 했습니다. 딸이 아버지에게 전화를 걸어서, 방에 새 책장을 세우려고 하니, 드릴을 갖다 달라고 부탁했습니다. 그런데 바로 얼마 뒤에 처음으로 딸의 기숙사를 찾아가면서, 아버지는 깜빡 잊고 드릴을 가져가지 못했습니다. 아버지는 이렇게 말합니다. '괜찮아. 아빠가 책장 하나 사줄게.' 그리고 딸과 헤어지기 직전에 돈을 건네줍니다. 그런데 이 아버지는 한 가지 중요한 점을 간과했습니다. 사실 딸이 바랐던 것은, 아버지와 함께 책장을 세우는 것이었습니다."

칼이 여러 가족의 모습을 묘사하면서 어른을 교육과 교양 문제의 본질적인 요인으로 간주하고, 철학자 한나 아렌트의 주장을 통해서 자신의 견해를 뒷받침한 점이 나는 매우 마음에 든다.

"세계는 인간들 사이에 놓여 있다. 그런데 이 사이가 오늘날 지대한 근심의 대상이 되고 있다."

그렇다. 그 사이가 바로 감정이입이다.

슈퍼마켓의 계산대에서

토요일 12시 직전이면 항상 사람들이 계산대 앞에 장사진을 친다. 고객들 앞에는 예외 없이 물건들이 가득 들어있는 손수레가 놓여있다. 한 젊은 남자가 줄지어 늘어선 사람들을 밀치며 앞으로 나아간다. 그는 손수레를 끌지 않고, 장을 본 물건들을 손에 주렁주렁 들고 있다. 무 한 다발, 콜라 한 병, 소시지 한 봉지이다. 사람들을 밀치고 앞으로 나선 젊은이는, 자기 차례가 되어 물건들을 계산대 위에 올려놓고 있는 여자 고객에게 간절한 목소리로 부탁한다.

"실례지만 저 먼저 계산하면 안 될까요? 몇 가지 밖에 안 되거든요."

정말로 그 젊은이가 감정이입을 할 줄 아는 사람이었다면, 자기가 맨 앞에 있는 여자 손님에게만 양보를 요구하고 있는 것이 아니라, 사실은 그 뒤에서 장사진을 치고 있는 모든 손님들에게 양보를 요구하고 있다는 것을 알았을 것이다. 원칙적으로 말하면, 젊은이는 이 사람들 모두에게 허락을 받아야 한다. 그런데 그는 그렇게 하지 않는다. 그는 한 사람의 여린 마음에 호소하거나, 그 사람을 난처하게 만들어 이익을 보려고 든다. 얌체 같은 인간이다. 어떻게 하면 다른 사람들 앞에서 볼썽사나운 모습 드러내지 않고 그의 부탁을 거절할 수 있을까?

이 젊은 여자는 능숙하게 그의 청을 거절했다.

"안 되겠는데요. 빨리 가서 갓난아기에게 젖을 먹여야 하거든요."

"네. 하지만 저는 계산할 것이 몇 개 안 되거든요. 아주머니의 손수레엔 물건이 가득 들어있고요."

이 얌체는 만만하게 물러나려고 하지 않는다.

바로 이때 다른 손님들이 가세한다.

"도대체 무슨 근거로 이러는 거요, 청년? 지금까지 순서대로 잘 해왔어요. 젊은이는 맨 나중에 왔고요. 그러니 맨 마지막 차례를 기다려요. 순서를 어기고 앞으로 보내줘야 할 사람은 바로 갓난아 기가 기다리고 있는 저 젊은 엄마예요."

사람들이 무관심하게 외면하지 않고, 공정한 질서를 위해 힘을 합치는 모습을 보며 나는 마음이 얼마나 흐뭇한지 모른다. 그런데 의심이라는 녀석이 스멀거리며 그 흐뭇함 속으로 파고든다. 보통 때 같으면, 사람들은 자기 자신의 이익이 걸려 있을 때에만 행동 에 나서지 않는가?

계산대에서 있었던 또 다른 이야기

이번 장면이 벌어진 곳은 서점이다. 우리는 서점이란 본래 사람 을 친절하고 공손하게 대하는 곳이라고 알고 있다. 계산대에서 한 젊은 흑인 여성이 차례를 기다리고 있다. 그녀의 손에는 독일을 찾아온 영어 사용 관광객들을 위해 만든 독일 안내 책자가 들려 있다. 교양 있고, 다른 문화를 받아들일 자세가 되어 있는 여성이 다. 그녀 뒤에서는 다섯 사람 정도가 기다리고 있다. 여자 점원이 그녀에게 지불해야 할 금액을 독일어로 알려준다.

"14유로 25센트입니다."

"미안하지만, 한 번만 더 말씀해주세요."

그 흑인 여성이 부탁한다. 여자 점원이 약간 짜증난 목소리로 한 번 더 금액을 말해준다. 여전히 말을 제대로 알아듣지 못한 흑인 여성은 또 한 번 더 금액을 말해달라고 부탁한다. 여자 직원의 짜증이 심해진다. 그녀는 큰 소리로 천천히 다시 한 번 금액을 말해준다.

"이 여자 분에게 영어로 말해주는 것이 더 났지 않을까요? 당신도 보다시피 이 분은 영어를 할 줄 아는 사람들을 위해 만든 책을 사서 들고 있거든요."

흑인 여성 뒤에 선 한 점잖은 중년의 신사가 충고를 한다.

"이 분에게 숫자로 금액을 써줄 수도 있겠군요. 숫자는 어느 나라에서나 다 똑같으니까요."

그 동안 얼굴이 벌겋게 달아오른 여자 직원이 미처 손을 쓰기 전에, 감정이입을 할 줄 아는 그 신사가 흑인 여성에게 여러 가지로 도움을 준다. 그녀는 무척 고마워하며 지갑에서 돈을 꺼내려 한다. 그런데 마치 생전 처음으로 낯선 화폐를 접하기라도 한 듯이, 손을 지갑 속에서 더듬거리기만 할 뿐 꺼내지 못한다.

"얼른 좀 주시겠어요?"

계산대의 여자 직원은 점점 더 신경질을 부린다. 그녀는 불편한 심기를 흑인 여성에게 퍼붓는다. 그러자 이 손님은 사려고 들고 왔던 책을 물리려고 한다. 이번에도 중년의 신사가 나서서 그녀를 돕는다. 그는 그녀에게 자기가 그녀의 지갑을 뒤져 책값에 해당하는 금액을 꺼내도 되겠느냐고 묻는다. 그 동안 마음이 언짢아진 그 신사는 책값을 찾아 여자 점원에게 건네기 전에 이렇게 말한다.

"당신이 아프리카의 서점에 가서 책을 사는 모습을 보고 싶군요. 거기 말을 알아듣는다고 해도, 당신이 그 나라 돈으로 얼마나 빨리 책값을 치르는지 봤으면 좋겠군요. 그곳 사람들이야 손쉽게 계산을 치르겠지만, 당신은 그렇지 못할 거요. 어디 한번 가 봐요. 이렇게 말로 권할 수밖에 없어서 섭섭하지만 말이요."

비길 데 없이 좋은 충고가 아닐 수 없다.

인디언 속담에 참으로 적절한 표현이 있다. 사람은 다른 사람의 모카신을 신고, 자기가 걷던 길들을 걸어보아야 한다는 인디언 속담이 있다. 그래야 다른 사람의 모카신을 신었을 때, 발 상태가 어떤지, 또 자기가 다니던 길이 걷기에 어떤지 알게 된다. 그런 경험을 할 수 있을 때에만, 마음속에서 현이 소리를 내며 공명을 이룰 수가 있다. 그런 경험이 전혀 없는 사람은 감정이입을 하는 데 서툴거나, 감정이입의 필요성을 전혀 깨닫지 못한다.

보석 상점에서

나는 보석 상점에 발을 들여놓으면서, 보통 나를 소개한다. 내 이름을 말하며 상대에게 악수를 청한다. 하지만 내가 심리학 박사, 체코 심리학회와 사회소아학회 명예회원이자 GFH 회장, 베스트셀러 저자라는 등의 이야기는 하지 않는다. 내가 쓴 책들을 소개하는 팸플릿도 나눠주지 않는다. 이곳에서 난 외국인 억양으로 독일어를 발음하는 늙고 통통한 여자에 지나지 않는다. 인사를 건네는 순간부터 나의 외국인 억양이 드러난다. 사람들은 내가 누구인지 알겠다는 눈치이다.

"와, 정말 멋있는 목걸이군요."

보석상이 내게 무엇을 찾느냐는 말을 건네기 전에, 진열되어 있는 보석을 보며 내가 먼저 한 마디 한다.

"아! 손님, 저 목걸이는 비싼데요."

내게 돌아오는 대답이다. 보석상은 보자마자 나를 동유럽 출신의 청소부쯤으로 여기는 듯 하다. 나는 이 청소부 여자를 대신하여 모욕감을 느낀다. 보석상은 그 말 때문에 내 감정이 얼마나 상할지 조금도 생각하지 못한다. 보석상이 진심으로 나를 손님이라고 불렀는지 그것도 의심스럽다. 손님이라는 말에서 뭔가 비꼬는 듯한 불쾌한 여운이 풍긴다.

내 입장에서 생각했더라면, 보석상은 자기 말이 내 심사를 어떻게 틀어지게 했는지 직감할 수 있었을 것이다. 하지만 그는 그렇게 하지 않았다. 만일 내 입장을 고려했다면 "네, 그렇습니다. 멋있는 목걸이예요. 하지만 목걸이 값은 여러 가지입니다. 이건 가장 비싼 것 중에 하나이고요, 이쪽은 좀 더 싼 것들이고요……"라는 식으로 표현했어야 했다.

이는 상점들이나, 물건들이 진열된 곳에서 내가 늘 겪곤 하는 일이다. 그런 일을 겪고 나면, 나는 곧잘 다음과 같이 대답하여 점원을 당황하게 만들곤 한다.

"값은 상관없어요. 여기 제 명함 받으세요."

그러면 점원은 말을 더듬거리며 내게 용서를 구한다.

동유럽에서는 이와 정반대되는 일이 벌어진다. 나는 동유럽에서 점원이 사치품을 놓고 손님을 무시하는 일을 경험해본 적이 없다. 아직은 그래 본 적이 없었다. 물론 이곳에서도 점원은 내게 블라우스 가격이 비싸다는 정보를 제공한다. 하지만 대부분은 좀더 부드럽게 세심한 태도로 가격을 이야기한다. 점원의 말을 들으면, 나와 그가 한 마음이라는 느낌을 받는다.

"저도 저 블라우스가 마음에 들어요. 내가 사서 입고 싶은 생각이 굴뚝같아요. 하지만 가격을 보세요. 무척 비싼 블라우스예요."

"시립 극장으로 가려면 어떻게 해야 하나요?"

나는 한 중년 신사에게 길을 묻는다. 그가 들고 있는 시장보자기에서 우윳병이 삐죽이 고개를 밖으로 내밀고 있는 것을 보고, 그 사람이 토박이라고 생각했기 때문이다. 그는 친절하게 내게 길을 알려준다.

"다음 사거리까지 가서, 약국을 지나 오른쪽으로 방향을 바꾼

다음에, 곧바로 왼쪽으로 돌아 통로를 지난 다음에 다시 오른쪽으로……"

한꺼번에 너무 많은 정보를 접하자 나는 머리가 혼돈스럽다. 그래서 신사에게 다시 한 번 말해달라고 부탁한다. 신사는 친절하게 다시 내게 길을 알려준다. 하지만 무척 커다란 소리로 말한다. 소리가 너무 크다! 마치 내가 귀가 어두운 사람이 된 듯한 기분이다. 소리가 어찌나 크던지, 지나가던 행인 몇 사람이 가던 길을 멈추고 우리를 쳐다본다. 난 그 자리에 있기가 거북스럽다. 나는 그가 잔뜩 소리를 높여 길 정보를 말해주길 바란 것이 아니라, 천천히 말해주길 바란 것이다. 그래야 그가 내게 준 정보들을 빠짐없이 시각적으로 상상해볼 수가 있을 테니까 말이다.

그 신사는 나를 제대로 판단하지 못했다. 첫눈에 내 인상을 오해한 그는 나를 귀가 어두운 노인으로 단정했다. 내가 보청기를 꼽지 않은 것을 보고, 나를 허영심이 강하고 앞뒤가 막힌 노인네라고 생각했을지도 모를 일이다. 중년의 신사가 참을성 있게 길을 다시 말해주는 동안, 그런 모욕감이 퍼뜩 내 머릿속을 스치고 지나간다. 또 내가 내 자신에게도 철저하지 못했다는 느낌도 든다. 그 신사에게 고마움을 표현하기는커녕, 나는 화가 치민다. 왜 그런가? 그가 나에게 제대로 감정이입을 하지 못했기 때문이다. 나의 몸짓에 주의를 기울였더라면, 그는 내 귀가 아직도 잘 들린다는 것을 알아차렸을 것이다. 귀가 어두운 사람은 대개 귓불을 움직이며, 소리가 나는 쪽으로 가까이 다가가려고 하거나, 그와 비슷한 동작을 한다. 하지만 나는 그런 몸짓을 하지 않았다. 그는 내 몸짓을 보고, 자기 목소리가 내게 너무 크다는 것을 알아차렸어야 했다. 왜냐하면 내가 잰걸음으로 뒷걸음질을 쳤기 때문이다. 그가 그런 눈치를 채지 못했기 때문에, 나는 그에게 말을 건넨다. 물론 친절한 목소리로 말이다.

"애써 주셔서 정말 고마워요. 하지만 그렇게 큰 소리로 말하지 않아도 되는데. 귀가 아직은 잘 들리거든요. 어떻게 해야 제대로 가는지 한 번 더 듣고 싶었어요. 그래야 왼쪽 오른쪽으로 이리저리 돌아가는 길을 제대로 따라갈 수 있을 테니까요."

"죄송합니다."

그 친절한 신사는 내게 용서를 구했다.

"사실은 내가 귀가 어둡기 때문에, 사람들에게 큰 소리로 말해 달라고 부탁하는 것이 버릇이 되어버렸어요."

그제야 나는 그 신사를 주의 깊게 바라본다. 귀에 보청기가 꽂혀있는 것이 보인다. 감정이입에 대해 말한다면, 나도 그와 똑같은 잘못을 저지른 꼴이다. 말을 걸면서 그 사람을 살펴보았어야 했는데, 그러지 못한 것이다. 이 신사는 감정이입의 첫 번째 과정을 나보다 훨씬 더 훌륭하게 통과한 셈이다. 자기 자신의 지각을 바탕으로, 그와 비슷한 상황에서 자기가 남들에게 원했던 행동을 나에게 해주었기 때문이다. 물론 내 경우에는 상황이 좀 달랐다. 다시 말하면 내 문제는 그가 겪고 있는 어려움과 다르기 때문에, 내겐 다른 도움이 필요하다는 점을 정확하게 알아내는 것이 중요했다.

주차장에서

공공주차장에는 평방미터 단위로 차들이 주차되어 있다. 교통 혼잡이 시작될 시각이다. 상점들이 곧 문을 닫고, 많은 직원들이 집으로 돌아갈 채비를 할 것이다. 빈 자리가 생길 거라는 희망을 품고, 나는 15분 넘게 차를 몰고 주차장을 빙빙 돌아다닌다. 마침내 자리가 날 것 같다. 한 쌍의 젊은이가 막 차를 빼려고 한다. 나는 내 차를 멈추고, 방향지시등을 켜놓은 채 그 차가 빠져나가기를 기다린다. 5분이면 장바구니들을 모두 트렁크에 넣을 수 있을 것이다. 5분이 되었다. 나는 차를 움직인다. 그런데 두 남녀는 여전히 차에 오르지 않는다. 그들은 뒷좌석을 정리하기 시작한다. 내가 방향지시등을 켠 상태로 주차 의사를 명백히 하며 기다리는 이 시간에, 또 이렇게 꽉 찬 주차장에서, 좌석을 정리하며 시간을 보내는 건 좀 그렇다. 하지만 젊은 두 남녀는 나를 쳐다보지 않는다. 내 차가 있는 쪽으로는 눈길조차 주지 않는다. 나는 차에서 내려 두 사람에게 다가가 정말로 차를 뺄 생각인지 묻는다. 그렇지 않으면 다른 자리를 찾아봐야 한다고 말한다.

"빈 자리를 찾기가 너무나 힘드네요. 벌써 15분이나 주차할 곳을 찾아 돌아다녔거든요."

나는 사정이야기를 한다.

"우리 주차시간은 오후 6시 5분까지예요. 아직 12분이나 남았는데요."

남자가 내게 대답한다. 내가 말을 거는데도 여자는 눈길조차 주지 않는다. 엉덩이를 내 쪽으로 향한 채, 어지러운 뒷좌석을 정리하고 있다.

"우리 주차시간이 아직 끝나지 않았지만, 우리 차를 뺄 테니 할머니 차를 주차하세요."

이렇게 말해주었다면 얼마나 고마웠겠는가?

그들은 그렇게 말하지 않았다. 그들의 행동에 나는 어이가 없어 말문이 막힌다. 치밀어 오르는 분노를 억누르며, 말없이 시동을 걸고 다시 주차장을 돌기 시작한다.

3. 도로교통

　사람들은 자동차가 없을 때, 어떻게 행동하는가? 인격의 여러 부분을 점검하는 데 자동차보다 더 적절한 대상은 없다. 악기도 자동차와 비슷한 기능을 수행한다. 우리는 바이올린으로 사랑의 그리움을, 북으로 누적된 분노를 깊이 있고 절실하게 표현할 수 있다. 악기와 달리, 자동차로는 인간의 모든 감정을 다 표현할 수는 없다. 자동차를 운전하여 슬픔을 표현하려고 할 때, 우리는 금방 깨닫게 된다. 자동차 운전은 진지하고 섬세한 감정보다는 공격적이고 외부로 향하는 감정을 표현하는 데 적합하다는 사실을 말이다.

　도로는 운동경기장과 비슷하다. 이곳은 사람들이 정상적인 가족생활이나 직장생활에서 충족할 수 없는 자기 과시욕에 대한 보상을 추구하는 곳이다. 또 이곳은 경쟁의 무대가 되기도 한다. 이곳에 와서야 비로소 사람들은 세상을 향해 자기가 남자라는 사실을 보여줄 수 있다. 이곳에서 사람들은 차선을 지키고 운행속도를 조절할 권리가 자신에게 있다고 주장할 수 있으며, 필요할 경우에는 다른 사람들에게 차선을 지키라고 강요할 수도 있다. 그렇다. 그런 권리를 자기 아내에게 관철하기란 쉬운 일이 아니다. 운전대 앞에 앉으면 여성들에게도 놀라운 기회가 열린다. 남자들과 동등해지거나, 더 나아질 수 있는 기회가 말이다. 정확하고 완벽한 운전솜씨를 갖추었다면, 계속 왼쪽 차선을 고집하면서, 뒤따라오는 포르셰들조차 꼼짝 못하게 할 수 있다. 운전대 앞에서만 자유의 매력을 느끼며, 그것에 흠뻑 취하는 사람들이 있다. 그들은 속력을 낼수록 더 자유롭다고 느낀다. 그 때는 익명성이라는 조건이 아주 중요한 역할을 한다. 여러 가지 연구에 따르면, 운전자들은 자동차에 자기 혼자 타고 있을 때, 더 빠르고 위험하게 운전한다고 한다. 자동차 안에 혼자 있다는 것은, 조수석에 앉아 속도조절 기능을 해주는 사람도 없이, 익명성의 가면 뒤에 숨어 운전한다는 것과 마찬가지이다. 도로에서 운전하는 사람들은 다 같은 사람인 다른 운전자를 부분적으로 밖에 인식할 수 없기 때문이다. 상대방과 얼굴을 마주할 필요가 없기 때문에, 운전자는 쌓이고 쌓인 공격성을 자유롭게 분출할 수가 있다. 행동연구를 통해서, 원시인, 곧 사냥꾼과 전사들의 공격욕구와 투쟁욕구에 대한 가설이 제기되고 있다. 진화론에 근거를 두고 있는, 이 가설에 따르면 이러한 욕구가 오늘날의 사람들 가운데 특히 남성들에게 잠재되어 있다고 한다. 그 욕구를 분출할 전쟁이 없기 때문에, 남성들이 도로를 전쟁터로 만든다는 것이다.

자동차를 가장 믿을만하고 절친한 친구로 여기는 사람들도 있다. 주말에는 내내, 그렇게 애지중지하는 자동차를 닦고 윤기를 낸다. 그리고 다른 사람들이 자기 자동차 가까이 접근하는 것이 두려워, 그들과 접촉하는 것조차 꺼린다. 생각해 보자. 예측 가능한 특정한 공식에 따라 조작할 수 있는 생명 없는 물건에 매달리고, 이런 물건과의 관계를 인간과의 유대관계보다 우선시하며 행동하는 사람을, 우리는 자폐증 환자로 간주한다. 개개인이 갖고 있는 이러한 질병이 그 동안 사회 전체로 퍼져나간 것은 아닐까? 물론 사람이 집착할 수 있는 물건으로 자동차만 있는 것은 아니다. 오늘날에는 개인용 컴퓨터, 인터넷, 텔레비전, 은행의 예금계좌가 점점 더 사람을 대신하는 추세이다. 슈투트가르트의 아동 청소년 정신과 의사인 라인하르트 렘프는 벌써 몇 년 전에 우리가 자폐증 사회를 향하여 가고 있다는 말을 한 적이 있다.

나는 자동차 운전 문제에 대해서 심층심리학적으로 깊이 파고들 생각은 없다. 그 문제에 대해서, 또 기술 관료의 시대에 인간이 직면한 어려움에 대해서는 이미 관련 서적들이 나와 있다. 나로서는 다만 우리가 일정한 규정들을 지키기만 한다면, 함께 살아가기가 훨씬 더 수월할 수 있다는 점에 대해 언급하고 싶을 따름이다. 나는 다른 자동차의 운전자가 내가 처한 상황에 대해서 배려해 주리라고 기대하지 않는다. 그는 나를 전혀 알지 못한다. 그도 나에게는, 내가 모르는 한 사람에 지나지 않는다. 어린 시절에 나의 호전적인 태도를 부모님이 받아주었는지, 내 안에 공격성이 쌓여있는지, 내 기분이 느긋하고 행복한지, 아니면 깊은 슬픔에 잠겨 있는지에 대해서는 그 사람이나 나나 서로 신경 쓸 필요가 없다. 나는 그 운전자가 내 상황에 대해서 그와 같이 섬세하게 마음을 쓰며 배려해 주리라고 기대하지 않는다. 하지만 나와 다른 운전자는, 둘 다 생명이 걸린 중요한 관계 속에 얽여있다. 그렇기 때문에 나는 무조건 그 사람을 배려해야 한다는 의무감을 느낀다. 우리가 같은 도로를 이용하면서, 생명이 위험할 수도 있을 정도로 가까운 거리에서 함께 달리고 있기 때문이다. 물론 나는 다른 운전자도 그와 똑같이 나를 배려해주리라 기대한다.

우리가 다른 운전자들에게 어떤 불안감을 안겨주는지 알고 싶어 하는 운전자는 극히 드물다. 연방도로 관리청 소속 사회심리학자인 하디 홀테는 자동차 운전자의 60%가 자신을 공격적인 운전의 희생자로 여긴다는 사실을 밝혀냈다. 심지어 3명 가운데 1명은 다른 자동차가 전조등을 깜빡이며 빠른 속도로 자기 자동차 옆을 쏜살같이 지나갈 때면 심각한 생명의 위협을 느낀다고 한다. 이런 사람들을 위한 공감대가 마련되지 않을 경우에는, 법률적인 조치들을 발동해야 한다. 비인 대학의 행동연구가 클라우스 아츠방어는 그 문제에 대해서 이렇게 말한다.

"교통정책 면에서 볼 때는, 이성에 호소하는 계몽 활동이, 플렌

스부르크에 벌점을 기록하고, 벌금을 부과하고, 면허를 취소하는 조치보다 효과가 작아 보인다. 물론 방어운전 캠페인을 벌이는 것이, 캠페인을 벌이지 않는 것보다는 더 낫다. 또 운전면허 학원에서 사람들에게 덜 공격적으로 운전하라고 가르치고, 그 방법을 알려주는 것은 분명히 의미가 있다. 그러나 공격성과 같이 인간에게 깊이 뿌리내리고 있는 행동을 규제하려고 할 때는, 그와 같은 '이성적인 계획'이 직접적인 처벌보다 분명히 효과가 약하다는 점을 인정해야 한다."

그러나 운전자에게 필요한 섬세한 감정과 법적 규제 이외에, 각 개인의 논리적인 사고도 영향을 끼치는 것은 사실이다. 거기서 중요한 것은, 다른 사람의 입장에서 생각해보고, 내 행동에 대해서 그 사람이 어떻게 반응할까를 상상해보고, 그 점을 고려하여 자신의 행동에 변화를 주려는 마음가짐을 갖추고 있어야 한다는 점이다.

"앞에서 길 좀 안내해줘요!"(파트너를 선택하는 한 가지 방법)

도로교통을 이용해서 이와 같이 간단한 시험을 해보는 것은, 미래의 결혼상대자나 사업 파트너의 감정이입 능력을 측정하는 이상적인 방법이 될 수 있다. 이런 경우에 첫 번째 차량에 앉아서 길을 안내하는 사람은, 반드시 두 번째 차량을 타고 자기 차를 따라오는 사람의 관점에서 교통상황을 인식하고 판단해야 한다. 뒤에서 따라오는 차량의 운전자와 대화를 나눌 수 없기 때문에, 길을 안내하는 운전자는 항상 따라오는 사람에 맞추어 운전을 해야 한다. 따라오는 사람이 자기 차를 놓치지 않도록 끊임없이 배려해야 한다. 이때 길을 안내하는 사람은 (뒤따라오는 차의 운행능력을 포함하여) 전체적인 교통상황을 파악해야 하고, 또 뒤에서 따라오는 사람의 개성과 그의 운전 능력도 고려해야 한다. 다시 말하면 그가 겁이 많은지, 위험을 즐기는 성격인지, 반응속도가 빠른지 늦은지 등을 고려해야 한다는 것이다. 여기서는 기술적인 능력도 문제가 되지만, 감성지능도 문제가 된다. 물론 시험을 할 때는 앞에서 길 안내 역할을 할 사람에게 미리 그 사실을 알려서는 안 된다.

내 권유를 받고 이런 방법을 사용해본 한 젊은 여성은 나에게 고마움을 전하기도 했다. 그녀의 약혼자는 이 테스트를 통과하지 못했다고 한다. 그녀는 자기 약혼자가 사회규범에 맞는 행동을 하기를 바랐기 때문에 반복해서 이 시험을 해보았다. 그때마다 그는 똑같은 행동을 되풀이했다. 좀 더 자기를 배려해야 한다고 그에게 주의를 주었는데도 소용이 없었다. 그녀와 헤어진 뒤에, 그 남자는 다른 여자를 만났다. 하지만 그 여자와의 관계도 깨지고 말았다. 이 여자도 그가 상대를 배려할 줄 몰랐기 때문에 헤어졌다고 말했다. 불행하게도 이 여자는 이 '길 안내 시험' 결과에 대해서 아무 것도 모르고 있었다. 만일 알았더라면 자기 약혼자가 어떤 남자인지 단박에 알아볼 수 있었을 텐데 말이다.

"우리가 교차로에 도착했을 때, 도로에는 차들이 빽빽하게 늘어서 있었어요. 신호등은 노란 색이었고요. 그런데 내 남자친구는 그 순간을 틈타, 신호등이 빨간 색으로 바뀌기 전에 쏜살같이 교차로를 지나갔어요. 만일 내가 그 뒤를 따라갔다면, 신호등이 빨간 색으로 바뀐 상황에서 교차로를 건넜을 거예요. 하지만 난 차를 멈췄어요. 운전면허를 취소당하고 싶지 않았으니까요. 나는 차를 멈추고, 신호등이 녹색으로 바뀌기를 기다렸어요. 물론 내 남자친구는 앞으로 멀기 가버렸기 때문에, 시야에서 그를 놓치고 말았지요. 결국 난 낯선 대도시에서 혼자 길을 찾아가야 했어요. 내가 방향감각이 둔해서 무척 애를 먹을지 알면서도, 남자친구는 나 혼자서 길을 찾도록 내버려두었건 거예요. 또 한 번은 고속도로에서 그가 내 길안내를 맡았어요. 두 개 차선 모두 차들로 매우 붐볐어요. 우리는 오른쪽 차선으로 달렸고, 우리 앞에는 기다란 급유차가 가고 있었어요. 왼쪽 차선에 약간 틈이 생기자, 내 남자친구는 그쪽으로 차선을 바꿨어요. 승용차 두 대가 바짝 붙어서 그 사람 뒤를 따라갔어요. 내겐 곧바로 남자친구를 뒤따라 갈 틈이 없었어요. 그 사람을 놓치지 않고 따라가기가 어려웠어요. 물론 얼마 뒤에 오른쪽 차선에서 그를 다시 발견했어요. 나중에 그에게 그 상황을 설명하면서 내가 얼마나 스트레스를 받았는지 말해주었지만, 그는 웃기만 할 따름이었어요. 그러면서 어쨌든 내가 자기를 다시 찾아냈다는 것이 중요한 거라고 하더군요. 그런 말을 들으니, 그와 함께 살다간 평생 고생하겠구나 싶어, 퍼뜩 정신이 들었어요. 그리고 다음과 같은 상황을 겪고 난 뒤에는 마침내, 그 사람과 헤어져야겠다는 마음을 굳히게 되었어요. 그 사람은 날렵하게 생긴 아우디를 몰았고, 난 낡은 중고차를 운전했어요. 그는 내 차로는 멋들어지게 운전 묘기를 부릴 수가 없으며, 또 내가 변속기를 다루는 데 그다지 능숙하지 못하다는 것도 알고 있었어요. 그런데도 그는 우리 앞에서 천천히 달리고 있는 승용차를 추월했어요. 맞은편에서 화물차가 오고 있었는데, 그는 용케 앞차를 앞질러 나갔어요. 우리 모두 늦어서 상황이 매우 급했기 때문에, 순간적으로 나도 앞차를 추월하기로 결심했어요. 물론 내차로 앞차를 추월하는 것은 무리였어요. 끔찍한 순간이었어요. 맞은편에서 달려오던 화물차가 내게 전조등을 깜박였어요. 궁지에 몰린 기분이 들고, 죽음의 공포가 몰려왔어요. 다행히 나는 서둘러 추월을 포기하고, 다시 그 승용차 뒤로 들어왔어요. 그런 다음에는 오랫동안 앞차를 추월할 기회가 오지 않았어요. 그래서 더이상 남자친구 뒤를 따라가는 것을 포기하고, 얌전하게 운전했어요. 이젠 당신과 끝이야. 난 혼자 중얼거렸어요. 나중에 남자친구를 만나, 그 때문에 목숨을 잃을 뻔 했다고 비난했어요. 하지만 그는 결코 반성의 빛을 보이지 않았어요. 오히려 운전하다보면 추월할 수 있는 기회가 많이 있다고 했어요. 그 사람이라면 어렵지 않게 추월을 할 수 있었을 거예요. '하지만 난 당신이 아니야.' 난 그사람에게 말했어요. '내 차는 당신 차가 아니고. 당신은 오로지 당신 생각만 하지, 내 생각은 하지 않아. 당신은 상대방을 배려할 줄 모르는 이기주의자야. 꼭 운전 때문에 당신과 헤어지려는 것은 아니야. 운전 말고 다른 이유도 있어.'"

차선 변경

오른쪽 차선에서 달리는 자동차를 추월하려고 나는 왼쪽 차선으로 방향을 바꾼다. 내 차와 앞 차의 거리는 2미터 정도이다. 그런데 바로 그때 앞 차의 운전자가 차선을 바꾸려는지 왼쪽 방향지시등을 켜기 시작한다. 난 그에게 양보하기 위해서 추월을 멈춘다. 그런데 그 차는 방향지시등을 왼쪽으로 켜놓은 채, 계속 오른쪽 차선으로 달린다. 난 어찌해야 좋을지 갈팡질팡한다. 속도를 늦추고 오른쪽으로 가서 그 차 뒤를 따라가야 할지, 위험을 무릅쓰고 추월을 해야 할지 판단이 서지 않는다. 앞차 운전자와 나를 생각하면서 추월을 자제하는 동안, 나는 내 뒤에서 오는 운전자들에게도 피해를 끼치고 있는 셈이다. 결국 나는 위험을 무릅쓰고 앞 차를 추월한다. 물론 양심이 찔리기도 하고, 내 앞에 달리는 오른쪽 운전자에게 분노가 끓어오르기도 한다. 그의 잘못은 나와 다른 운전자들이 어떤 상황에 있는지 고려하지 못한 데 있다.

오른쪽 차선에 있던 그 운전자로서는 어떻게 생각하는 것이 좋았을까?

'왼쪽 방향지시등을 켜면, 왼쪽 차선에 있는 운전자는 내가 왼쪽으로 차선을 바꾸려 한다고 생각할 거야. 왼쪽으로 가고 싶긴 하지만, 저 차가 나를 추월한 다음에 가야겠어. 저 차가 내차보다 더 빠르고, 또 옆 거울에 보이는 저 차 뒤에서 달리는 자동차들은 그보다 훨씬 더 빠르니까. 왼쪽 차선에서 달리는 운전자에게 방해가 되지 않도록 내 차 방향지시등을 끄고 가다가, 왼쪽 차선이 비면 그때 가서 차선을 바꿔야겠어.'

이만큼이라도 사소하게 상대를 배려하는 운전자도 만날 수가 없다. 머리가 나빠서일까? 아니면 다른 사람에 대해서는 아예 생각하려고 하지 않기 때문일까?

이상하게도 남반구 나라들에서는 차선을 바꿀 때, 운전자들의 행동이 이곳과 다르다. 독일 자동차 운전자들과는 달리, 그들은 엄격하게 차선을 지켜야한다고 고집하지 않는다. 반드시 그럴 필요가 없는데도 차선을 변경하기 일쑤다. 거의 재미삼아 차선을 바꾼다. 그러면서 서로 상대 운전자를 바라보며, 말을 걸고, 욕설을 퍼붓고, 희롱한다.

한 번은 슈투트가르트에서 한 칠레 여인이 나를 기차정거장까지 태워다 준 적이 있다. 그녀는 세 개 차선을 계속 바꿔가며 차를 운전했다. 나는 신경이 쓰여서 그녀에게, 어느 차선으로 가면 정거장 방향으로 가는지 알 텐데, 왜 그렇게 운전을 하느냐고 물었다.

"칠레에서는 이렇게 운전을 해요."

그녀는 아무렇지도 않게 대답했다.

"이렇게 하는 것이 재미있거든요. 그래도 우리 칠레에서는 독일보다 교통사고가 훨씬 더 적게 일어나요. 우리는 서로를 바라보고, 상대를 배려하고, 서로 상대를 너그럽게 대하거든요."

그랬다. 남반구 나라들의 운전자들은 교통법규를 아주 엄격하지 지키지는 않아도, 우리보다 더 많이 상대방을 배려하는 운전을 함으로써 도로교통의 안전에 이바지하고 있다. 그들은 머리로만 상대의 입장을 생각해주는 것을 삭막하다고 여긴다. 이 사람들은 감정이입이 무엇인가를 뱃속으로 알고 있다.

오르막길을 달리는 화물차

매주 월요일 아침이면 늘 교통량이 폭주한다. 많은 화물차들이 도로 위를 질주한다. 물론 승용차들도 많다. 또 한 주일의 업무가 시작된다. 모두 발길을 서두른다. 화물차들의 행렬에서 한 운전자가 자기보다 속도가 느린 화물차를 추월하기 위해 왼쪽으로 차선을 바꾼다. 화물차는 오른쪽 차선으로 가는 것이 옳다. 이 구간에서는 화물차 운전자들에게는 추월이 금지되어 있다. 아마도 추월을 시도한 그 운전자만이 이 구간이 오르막길이라는 사실을 고려하지 못한 듯 하다. 만일 그 생각을 했다면, 그는 자기가 왼쪽 차선으로 가고 있는 모든 차량들을 어려움에 빠뜨리고 있다는 사실을 눈치 챘을 것이다. 그 뒤로 자동차들이 점점 더 밀리고 있기 때문이다. 그와 반대로 그의 앞에는 차선이 텅 비어 있다. 오른쪽 차선에서 달리는 화물차가 속도를 좀 더 늦춰주었으면, 추월을 시도 중인 화물차는 재빨리 추월에 성공했을 것이다. 하지만 조금 전에는 느리게 운전하던 화물차 운전자가 다시 기운을 내더니, 이제 자기를 추월하려는 운전자와 경쟁을 벌이기 시작한다. 의심의 여지가 없다. 오랫동안 두 사람 모두 간발의 차이만큼도 상대를 앞서지 못한다. 어쩌면 서로 즐겁게 대화를 나누며, 그 상황을 즐기고 있는지도 모른다. 오른쪽 차선에서 달리던 운전자가 창문 밖으로 팔을 내밀어, 신호를 보낸다. 두 운전자 가운데 아무도 자기들 뒤에 자동차들이 줄지어 늘어서 있다는 사정을 고려하지 않는다. 그 동안에 모든 자동차들은 속도를 시속 60-70킬로미터로 줄여서 달리고 있다. 왼쪽 차선에 있던 화물차가 간발의 차로 조금씩 앞서 가기 시작하더니 마침내, 오른쪽 차선으로 진입하는 데 성공한다. 이제 마음 놓고 왼쪽 차선에서 그 화물차를 앞질러 갈 수 있게 된 운전자 몇 사람이 경적을 울려 화물차 운전자를 질책한다. 화물차 운전자는 어떤 반응을 보일까? 그도 맞서 경적을 울린다. "눈에는 눈, 이에는 이"라는 식으로 신경전을 벌인다.

교대로 진입하는 병목구간에서 끼어들기

병목구간에서 교대로 진입하는 방법이야말로 확실하고, 훌륭한 질서유지 비법이다. 두 개 차선이 갑자기 하나로 줄어들면, 운전자들은 바로 그 앞에서 교대로 진입해야 한다. 차량들이 교대로 진입하는 과정이 매끄럽게 이루어지려면, 왼쪽과 오른쪽에서 다가오는 두 운전자는 옆 차량을 조심해야 한다. 그때 다른 차량의 방향지시등에서 눈길을 떼지만 않으면 아무런 문제가 없다. 이런 상황에서는 두 사람이 서로 얼굴을 쳐다볼 필요가 전혀 없다.

'저 차가 방향지시등을 켰나? 그래, 방향지시등을 켰어. 그러면 진입하게 해줘야지.'

제 때 방향지시등으로 신호를 보내지 못했을 경우에는, 눈길을 마주쳐 의사를 교환한다. 보통의 경우에는 그것으로 문제가 말끔하게 해결된다. 그런데 오른쪽 운전자에게 방향지시등으로 신호를 보내도 소용이 없고, 아무리 눈길을 마주치려고 해도 안 될 때가 종종 있다. 그런 사람을 보면, 다른 운전자에게 아무런 반응도 보내지 않는다. 편협한 판단에 사로잡혀, 시야를 잃고, 주변을 살피지 못하며, 다른 운전자를 고려하지 못한다. 얼마 전에도 이런 운전자를 다섯 사람이나 보았다. 그 가운데 둘은 여성 운전자였다.

상대방을 고려하는 태도는 남성보다 여성에게 더 잘 형성되어 있는 것 같다. 통계를 보면 여성운전자가 남성운전자보다 교통사고를 덜 일으킨다고 한다. 생각하고 느낄 때, 여성들이 보여주는 전형적인 특징이 바로 이 점에서 확실하게 드러난다. 직선적으로 정확하게 사고하는 남성들과 달리, 여성은 정확성은 부족하지만 그 대신 전체적인 시야를 가지고 상황을 전체적으로 파악한다. 여성 운전자는 상황의 개별적인 요인에 주의를 기울여, 유연하게 행동하며, 가슴의 논리로 또 뱃속에서부터 자신의 생명과 다른 사람의 생명을 보호한다.

도로 옆 도랑에 빠진 자동차

자동차가 도로 옆 도랑에 처박혀 있는 것을 보고, 우리들 가운데 누가 자동차를 멈출까?

'누가 이곳에서 무슨 일이 일어났는지 생각하려고 들까? 사람이 보이지 않는데. 자동차에 사람이 없나봐. 오래 전에 일어났던 사고 같아. 벌써 해결이 됐을 거야. 그러니 괜히 신경 쓸 필요 없어. 양심의 가책을 느낄 필요도 없고. 하지만 여기에 누군가가 심근경색으로 쓰러져 길바닥에 누워있지 않을 것이라고 어떻게 단언할 수 있지? 그렇다면 가던 길이나 서둘러 계속 가자.'

이와 관련된 한 실험에 대해서 이야기할까 한다. 실험을 위해 한 남자가 고속도로 갓길에 누워있었다. 의식을 잃은 것처럼 행동하는 것이 그의 역할이었다. 대부분의 운전자들은 철저하게 그를 외면하고 지나갔다. 그들의 핑계는 빨리 달리느라, 그 사람을 보지 못했다는 것이었다. 인터뷰를 통해 사람들에게 물었다.

"만일 사람이 누워있는 것을 보았다면 어떻게 했을 것 같아
요?"

가장 많은 사람들이 "나 같으면 가던 길을 계속 가서, 경찰과 의
사에게 전화를 했을 거예요"라고 대답했다. 사고를 당한 사람에
대한 감정이입은 부족하지만, 그나마 다행이라고 할 수 있다. 그
러나 사고를 당한 사람의 상태는 어떤지, 고통을 느끼는지, 의사
를 불렀다는 소식을 알려주면 그에게 도움이 될지 등에 대해서 고
려하는 행동은 아니다. 아마도 사고를 당한 사람에게는 응급조치
가 필요했을 것이다.

사람들은 자기가 나서서 도움을 주기보다는 그냥 지나간다. 도
랑에 누워있는 익명의 대상을 돌보는 일은 신고를 받고 출동한 관
계당국 책임자의 몫으로 여긴다. 여러 가지 구실을 앞세우며 직접
개입하기를 꺼린다. 몸소 나섰을 경우에 여러 가지 불편한 일을
겪지 않을까 걱정한다. 이를테면 법원에 증인으로 나서야 하고,
도로의 흙먼지와 피로 더러워진 의복의 세탁비용을 자기가 부담
하게 될지도 모르며, 또 진짜 사고가 난 것이 아니라, 사고로 위장
한 함정일지도 모른다고 생각한다. 그래서 차라리 구경꾼들 틈에
섞이는 편을 택한다. 그것이 더 안전한 방법이다. 구경꾼들 가운
데 많은 사람은 사고를 당한 사람을 동정하며, 자기에게 감정이
살아있는지 확인하기도 할 것이다. 하지만 그걸 실천으로 옮기지
는 않는다. 호주머니에 손을 넣은 채 사고 장소 주위에 서있기만
한다. 사고를 당한 사람에게 가장 필요한 일은 주위 사람들이 가

까이에서 그가 느낄 수 있도록 위로하면서, "응급구조반이 올 때까지 제가 옆에 있을 게요"라고 안심시키는 일이다. 하지만 구경꾼들에게는 그런 생각이 결코 떠오르지 않는다. 실제로 사고를 당한 사람의 사정을 배려하여 행동에 나서기에는, 그들의 동정심이 너무 미약하다. 상대에게 적극적으로 감정이입을 하는 것이 수동적으로 동정심을 느끼는 것보다 훨씬 가치 있는 일이건만, 안타깝기 짝이 없는 노릇이다.

도움을 줄 수 있는 잠재적인 능력을 가진 사람들이 이렇게 수동적으로 행동하는 데는, 아마도 집단적인 고립화 현상이 영향을 주었을 것이다. 다른 사람들과 마주치거나, 말을 거는 일 없이 익명성 속에 숨어서도 살 수 있게 되었다는 말이다. 흥미로운 것은, 대량으로 인명피해가 발생했을 때, 사람들에게 희생자들을 돕고자 하는 마음이 더 커진다는 사실이다.

에셰데에서 열차가 탈선하고, 뉴욕 무역센터 건물이 테러 공격을 받았을 때, 파도처럼 밀려들었던 도움의 손길을 기억해보라. 그런 사고가 발생했을 때, 사람들은 자신을 희생자들과 가깝게 인식한다. 또 주위 사람들도 자신과 마찬가지로 사고에 대해 경악하고 고통스러워한다고 느낀다.

이러한 감정적인 연대를 통해서 사람들은 서로 도움을 제공할 마음의 준비를 한다. 세계 모든 언어에 있는, 이른바 "어려울 때 친구가 진짜 친구다"라는 유명한 속담은 어려움에 처해 있는 사람이 이를 무릅쓰고 다른 사람의 처지를 배려하는 행동을 할 때에만 실현되는 것이다.

　대형 참사로 빚어진 어려움을 통해서 우리는 이웃 간에 정이 있음을 확인한다. 분명히 진짜 친구를 확인하기 위해서라면 어려움을 겪어볼 필요가 있다.

4. 한 심리학자의 일상

나는 상대가 나에 대해 감정이입을 하지 않아서 마음이 상한 적
이 여러 번 있다. 여기서 먼저 내가 직접 겪었던 그런 경험들에 대
해 이야기하고 싶다. 주로 정치가들이 자신을 보호하는 데 사용하
는 두꺼운 철판을 내 몸에 둘렀더라면, 나도 전혀 힘들어하지 않
았을 것이다. 그랬더라면 다음에 이야기할 사건들로 마음 상하지
도 않았을 것이다. 난 지나치게 겸손한 사람도, 자아도취적인 허
영에 빠진 유달리 예민한 사람도 아니다. 지극히 정상적인 감정을
가진 사람이다. 그래서 명백하게 정도에서 벗어나는 일을 겪을 때
는 기록해둔다. 난 자신뿐만 아니라 주변 사람들을 관찰하는 데
이골이 나 있다. 물론 그런 일을 겪는다고 공포에 질린 반응을 보
이지는 않는다. 그럴 이유가 없기 때문이다. '일 관계'로 만나는
상대가 나를 의심하거나, 내가 화를 내면서 대꾸하는 것을 보고

나를 피한다고 해서, 나 자신이 실존적으로 위험해지는 일을 결코 없으니까 말이다. 다음에 이야기할 일들을 겪으면서도 나는 감정을 차분하게 유지할 수 있었다. 내 관심은, 민감하고 상대의 반응에 따라 감정이 변하는 사람들이 나와 같은 일을 겪을 때, 기분이 어떻게 변하는가를 알아보는 데 있다.

휴대전화 음성 사서함

어떻게 이럴 수가 있을까! 내 휴대전화가 울리더니, 한 여자 목소리가 음성 사서함에 새 소식이 도착했다고 알린다.

"저는 마르그레트 호호펠데라고 해요. 급한 일로 선생님과 통화를 하고 싶어요. 제 전화번호를 기록했다가, 전화 좀 해주세요. 17 어쩌고저쩌고 67 어쩌고저쩌고 872 어쩌고."

도무지 알아들을 수 없는 그 메시지를 나로서는 이것 말고 다른 방법으로는 표현할 길이 없다. 너무 빠른데다, 우물거리는 말투여서 도무지 갈피를 잡을 수가 없다. 전화번호를 한 번 더 들어보면 좋겠지만, 반복이 되지 않는다. 마른하늘에 날벼락이 떨어진 꼴이다. 전화를 건 그 사람의 번호가 내 휴대전화에 저장되어 있지 않기 때문이다. 그 사람에게 전화를 해주야 하는데 어떻게 하면 좋을까? 마르그레트 호호펠데는 내가 아는 사람인가? 이거 원! 어쩌면 이 지역 시민대학 관계자일지도 모른다. 난 시민대학에서 강의를 하기로 한 날이 언제인지 메모를 찾아본다. 이런! 내 생각이 틀렸다. 거기서 일하는 여자는 이름은 마르그레트가 맞는데, 성이 호흐펠데가 아니라 혼이다. 난 계속해서 그 여자가 누구인지 머리를 쥐어짠다. 기억을 더듬어 번호를 찾아내어서, 전화를 걸어본다. 저쪽으로 신호가 간다. 만세! 드디어 전화가 연결된 것이다. 한참이 지난 뒤에 늘어진 남자 목소리가 전화를 받는다. 마르그레트가 아니다. "전화 잘못 걸었어요." 그래 나도 알아요. 이제 어떡한다지? 죄책감이 밀려든다. 왜 좀 더 조심하지 않았지? 그 여자는 커다란 곤경에 처해 있다. 내가 도와줄 거라고 기대하고 있다. 그래서 음성 사서함에 전화번호를 남겨놓고, 내가 전화해주기를 바라고 있다. 그런데 난 전화를 하지 못하고 있다. 마르그레트라는 여자가 날 어떻게 생각할까? 내가 책에서 본 친절한 그 이리나 프레콥이 아니라고 생각할지도 모른다. 실망이다. 이 프레콥이라는 사람은 자기에게 도움을 줄만한 사람이 아니라고 생각할 것이다. 양쪽 모두에게 실망스런 일이다. 그 여자는 나에게, 난 그 여자에게 화가 나 있다.

　이렇듯 서로에게 기분 나쁜 일이 벌어진 것은 이 마르그레트라는 여자가 내 사정을 고려하지 않았기 때문이다. 그 여자는 내가 외국인이라는 것을 알고 있었다. 아마 특정한 발음을 알아듣는데 약점이 있다는 것도 알고 있었을 것이다. 외국인들은 독일어를 알아듣는 데 더 어려움을 겪는 경우가 많은데, 그것 그렇다 치더라도, 그 여자는 독일 사람들과 말할 때에도 발음을 좀 더 명확하게 해야 할 것 같았다.

이런 일을 겪고 난 뒤에, 지금까지 나는 개인적으로 간단한 여론조사를 해보았다. 응답자 가운데 나의 독일 친척이 한 사람 있는데, 직업은 투자상담가이다. 그도 종종 나와 똑같은 일을 겪곤 한다고 한다. 그는 완벽하게 토종 슈바벤 방언을 쓴다. 그런데 그도 누가 슈바벤 방언을 빠른 속도로 우물거리면 듣는 데 어려움을 겪는다. 나와는 달리, 그런 일을 겪으면 그는 나보다 훨씬 더 속을 끓인다. 나는 연금생활자이기 때문에 고객 상담을 하지 않는다. 그래서 내 전화번호를 광고할 일도 없다. 사실은 도움을 구하는 사람들에게 질문을 받을 필요도 없다. 하지만 투자상담가는 고객에게 목이 매어있는 사람들이다. 바짝 정신을 차리고 들어도 사서함에 남긴 전화번호를 도무지 알아들을 수가 없을 때면, 그는 크게 스트레스를 받기 시작한다. 새 고객 몇 사람이 그에게 전화를 해달라고 연락을 했다고 한다. 이런 전화들은 몇 만 유로에 달하는 금액이 걸린 상담 건인 경우가 대부분이다. 그런데 그런 전화를 받아놓고도, 응답 전화를 하지 못하고 있었다는 것이다. 이런 일이 생기면 전화를 건 사람의 신원을 파악하기 위해서 종종 몇 시간에 걸쳐 수사하듯 안간힘을 쏟아야 한다. 신원파악에 실패할 때도 자주 있다. 그래서 몇 번은 고객을 놓치기도 했다. 고객이 한 번 더 전화를 해줄 때는 한 시름을 놓는다. 하지만 이때 사업가들의 세계에서는 거의 용납하기 어려운 무거운 질책을 듣는 것쯤은 감수해야 한다.

"음성사서함에 제 전화번호를 남기면서 전화를 해달라고 부탁했는데, 그냥 흘려버리셨더군요. 본래 상담에 관심이 없으십니까?"

알아듣기 힘들 정도로 빠르게 그리고 반복해서 들을 수도 없이 남겨놓은 음성메시지를 해독하는 것이, 나에게 얼마나 힘든 일인가를 알았다면, 이 마르그레트라는 여자의 머릿속에서 나를 배려해야겠다는 생각이 떠올랐을지도 모른다. 그랬더라면 전화번호를 또렷하고, 천천히, 이해할 수 있게 불러주었을 것이고, 일도 매우 간단하게 마무리되었을 것이다.

"넌 나를 도와주어야 해!"

사실 나는 벌써부터 연금생활을 하고 있다. 하지만 여유 있게 삶을 즐기는 생활은 꿈도 꾸지 못한다. 날이 갈수록 부모나 어린 이들이 더 큰 불안감을 느끼고, 그럴수록 상담을 받으려는 욕구가 더 커지는 상황에서, 이를 느긋하게 바라보고만 있을 수는 없기 때문이다. 그러다 보니 내가 나서서 도움을 주거나, 그들이 위기를 극복할 수 있도록 안간힘을 다하는 경우가 날이 갈수록 늘어나고 있다. 하지만 가끔은 아예 그럴 기분이 싹 사라지고, 분노에 사로잡힐 때도 있다. 나에게 늘 최고의 상담가가 될 것을 강요할 때는 그렇다. 그런 일이 갈수록 빈번해지고 있다. 16-20쪽에 달하는 두툼한 편지가 우편함에 들어있다. 대부분 읽기 힘든 글씨인데다, 곳곳에 북북 줄이 그어져 있거나, 사이사이에 글자가 끼워져 있다. 그것도 재생용지에 말이다. 난 편지의 뜻을 해독하려고 안간힘을 다한다.

한 젊은 어머니가 내게 보낸 편지이다.

"선생님께서 바쁘다는 거 알아요. 하지만 한 살짜리 아들 녀석을 재우는 데 너무나 시간이 오래 걸리고, 아이가 항상 제 젖가슴을 만지려고 해서 선생님께 문의하게 되었어요. 아들 녀석을 가만히 내버려둘 때도 있지만, 가슴을 만지지 못하게 해서 녀석이 소리를 지르면 나도 아이를 향해 마구 소리를 지를 때도 있어요. 선생님이 수면장애에 대해서 쓴 책을 방금 읽기 시작했어요. 제게 전화 좀 해주세요. 여기 제 전화번호가 있어요……."

그녀가 내게 무슨 빚을 지고 있는지 문제 삼으려는 것이 아니다. 고맙다는 말 한 마디 없는 것도 내겐 문제가 되지 않는다. 내 마음이 걸리는 건, 부탁의 표현이 변죽만 울리는 순전히 형식적인 차원에 그치고 있다는 점이다. 생각 같아서는 그런 편지는 못 본 척 해버리고 싶다. 하지만 아이 생각을 하면, 이 여자가 아이에게 감정이입을 하지 못하고 있다는 것을 반드시 일깨워줄 필요가 있다는 생각이 든다. 가장 커다란 잘못이 바로 그 점에 있으며, 아이의 불안감은 바로 그 결과라는 사실을 이 여자는 알아야 한다.

전화를 하기보다는 다음과 같이 편지로 말해주는 것이 제일 좋을 듯 하다. 그러면 흑백이 가려질 테니까 말이다. 이렇게 글로 전해주면, 내 잔소리를 그녀가 귀담아 들을지도 모른다는 생각이 든다.

"안녕하세요, 아무개 부인. 제 형편을 이해하고, 공감을 표시해주어 고마웠어요. 제 바쁜 사정을 아시더군요. 그런데 당신은 다른 문제로 제 심사를 마구 뒤흔들어 놓았어요. 내가 시간에 쫓긴다는 사정을 전혀 고려하지 않았더군요. 당신은 말로는 내 사정을 이해한다고 하면서, 행동으로는 그것을 전혀 배려하지 않았어요. 정말로 내 사정을 헤아렸다면, 질문에 대답하는 데 시간이 걸린다는 점은 논외로 친다고 해도, 당신이 쓴 글씨를 해독하는 데 못해도 한 시간은 걸릴 것이라는 것을 쉽게 알았을 거예요. 결국 당신은 내게서 자유시간을 2시간이나 빼앗았어요. 나는 그 2시간을 좀더 유용하게 보낼 수도 있었을 거예요. 그런데 당신은 그 점에 대해서 자문해보지도 않았어요. 어쩌면 수 백 명의 사람들이 뜻있게 받아들일 강연을 할 수도 있고, 내 자신을 위해 혼자 사우나를 할 수도 있었을 거예요. 내 책을 읽었더라면, 내게 질문한 내용에 대한 답을 찾을 수 있었을 거예요. 그런데 당신은 하나도 읽지 않았더군요. 그러니 당신에게 봉사해야 할 책임을, 말하자면 나 혼자 송두리째 떠맡게 된 셈이에요. 그런데 당신은 이 봉사료가 얼마나 되는지 묻지도 않았더군요. 묻기는커녕, 전화요금도 내가 떠맡길 기대하고 있어요. 편지를 읽으면서, 내가 당신을 어떻게 생각할지에 대해서 당신은 전혀 생각하지 않고 있어요. 나를 필요로 하는 것은 당신이니까, 나를 당신 편으로 만들 궁리를 했어야 했어요. 마음으로 느끼지 못했다면, 최소한 머리로라도 그렇게 했어야 했어요. 여기서 당신의 감정이입 능력을 발휘했어야 했어요. 프레콥 여사가 내 청을 받아주게 하려면 어떻게 하는 것이 좋을까 하고 고민해보았어야 했어요. 당신은 내 상황에 대해 느껴보고 생각하려고 하지도 않았어요. 당신 문제만을 생각하지, 내 문제는 당신 머릿속에 없어요. 내가 보기엔 이것이 가장 중요한 문제예요. 도대체 당신은 아이에게 감정이입이라는 것을 할 수는 있나요? 나는 벌써 감정이입을 하고 있어요. 당신 아이의 처지가 되어 생각해보면, 아이가 겪는 것과 똑같은 불안감이 내게도 밀려들어요. 어두운 밤에 잠자리에 누워서 사무치게 외로움을 느낄 때마다 아이는 엄마를 찾아요. 그런데 아이는 엄마가 늘 변함없는 태도로 자기를 대해줄 것이라는 기대를 할 수가 없어요. 엄마의 반응을 예상할 수가 없기 때문이에요. 어쩔 때는 멀리서 소리를 지르고, 또 어쩔 때는 가까이 다가와 보살펴줘요. 어느 때는 젖을 물려주고, 어느 때는 물려주지 않아요. 어쩔 수 없이 아이는 엄마의 젖꼭지를, 한 치도 앞을 내다보기 어려운 이 세상에서 가장 믿고 의지할만한 대상으로 여길 수밖에 없어요. 젖꼭지는 두 군데 중 한 곳에서 언제나 확인할 수 있고, 늘 한결같은 모습이며, 엄마가 입에 물려주기만 하면 변함없이 젖을 내주니까요. 나는 젖을 빼는 순간에 아이가 그렇게 느낄 것이라고 확신해요. 또 잃어버린 마음의 안정을, 늘 이렇게 예상할 수 있는 방법으로 대신 메우는 것 이외에 아이에겐 다른 선택이 없다고 믿어요. 엄마가 차분하고 다정한 손길로 늘 가까이에서 자기를 보살펴주길 바라는 어린 아이의 간절한 소망을, 아무개 여사께서 느끼지 못한다면, 당신 아이를 위해서는 참으로 안타까운 일이 아닐 수 없을 거예요……."

그 여자의 편지를 다 해독하고 난 뒤에 내 머릿속에서는 이런 내용의 생각들이 떠올랐다. 심지어는 편지를 보낸 사람들에게 이런 의미의 답신을 보낸 적도 여러 번 있었다. 그들의 후안무치함의 정도에 따라, 나도 서둘러 그에 못지않게 뻔뻔하게 감정적으로 대응했다. 물론 장광설을 늘어놓고 난 뒤에는 진심어린 선의의 충고로 끝을 맺기는 했다. 아무래도 문제가 있는 쪽은 아무개 여사 자신인 것 같으니, 꼭 가까운 상담소를 찾아가시라고 말이다. 그런데 끝내 부끄러운 마음이 날 떠나지 않았다. 나 역시 편지를 보낸 사람들과 똑같은 잘못을 저질렀기 때문이다. 나도 그들에 대해서 감정이입을 하지 않았던 것이다. 그들이 살아온 이야기 가운데 뭐라도 알아내서 어려운 사정을 파악하고, 그들이 제각기 처해 있는 절박한 사정을 이해하기 위해서 도대체 난 무슨 일을 하였나? 어쩌면 그들 자신이 감정이입을 할 줄 몰랐던 어머니의 희생자는 아닐까? 감정이입을 하고, 남의 배려하는 법을 보고 배울 수 있도록 본보기 역할을 해준 사람이 이 세상에 있기는 했을까? 원래는 나부터 내 자신의 과거에 대해 캐묻고 알아봐야 한다. 그 여자가 편지에서 보여준, 남의 형편은 고려하지도 않고 이기적으로 자기 요구만 내세우는 태도가 오래 묵은 내 어린 시절의 상처를 아프게 건드린 것은 아닌지를 말이다. 나의 분노는 지금 벌어진 사태 때문에 솟구친 것인가? 아니면 과거에는 표현할 수 없었던 오래된 분노인가? 분노와 놀람에 사로잡혀 있는 동안에는, 나와 상대방의 거리는 멀다고 할 수밖에 없다.

상대에게 더듬이를 내밀어, 그의 정신의 건강 상태, 사회경제적 상황, 정신적인 대처 능력 등에 대한 정보를 확보할 수 있어야 비로소 전문적인 상담을 할 수가 있다. 다시 말하면 선입관을 갖지 않고 그를 이해하고 도와줄 준비가 되어있다고, 그에게 신호를 보낼 수 있을 정도로 내가 자유로워야 한다. 물론 상담할 사람에게, 나의 마음을 상하게 한 행동에 대해서 지적해주는 것도 빼놓지 말아야 한다. 내 입장에서 생각해볼 기회를 가질 수 있도록, 그에게 내 감정에 대해서 알려주어야 한다. 이때는 물론 솔직하고 진지한 자세로 말해야 한다. ‘눈에는 눈, 이에는 이’ 와 같은 식의 응보주의를 앞세워 무례한 태도로 그의 마음을 상하게 해서는 안 된다. 더 나아가 생각을 이보다 훨씬 더 차원 높은 방향으로 돌려야 한다. 오늘밤 아이가 어머니와 편안하게 잘 수 있도록 해주어야겠다는 기분에서, ‘지금 이 순간’ 에 필요한 도움을 주는 데만 급급해서는 안 된다. 아이를 생각하고, 또 성인이 될 때까지는 아이가 정서적으로 성숙해야 한다는 사정을 고려한다면, 아이에게서 사랑의 능력이 쑥쑥 자랄 수 있도록 긍정적으로 작용할 조건들을 만들어내는데 기여해야 한다. 그러기 위해서는 우선 아이의 어머니를 내 편으로 만들어야 한다. 당연히 아버지도 무조건 한 편이 되어야 한다. 먼저 아이가 부모의 사랑의 받도록 만들어야 한다.

의도를 분명하게 정하고 난 다음에야 비로소, 나는 편지를 쓸
수 있었다.

"아무개 부인 보세요. 내가 듣기 싫은 이야기부터 먼저 한다고
해서 기겁하지는 마세요. 여기저기에 북북 줄이 그어져 있고, 곳
곳에서 글씨 사이에 글씨를 끼워 넣은 장문의 육필 편지를 읽으면
서, 난 화부터 났어요. 읽는 데만 꼬박 한 시간이 걸렸으니까요.
내게 시간이 빠듯하다는 것을 잘 알고 있을 텐데, 이건 좀 지나친
처사라는 생각이 들더군요. 또 부인은 나에게 상담 요금을 어떻게
지불하면 좋을지 묻지도 않았어요. 나로서는 납득하기 어려웠지
만, 크게 스트레스를 받고 있는 당신의 사정을 감안하니 이해가
되긴 했어요. 당신에게 도움을 줄 수 있으려면, 당신에 관한 몇 가
지 중요한 정보가 필요해요. 내 질문에 대한 대답을, 내 사정을 고
려해서 되도록 편히 읽을 수 있도록 써서 보내주었으면 해
요……."

충고를 가장한 비난

먼저 충고와 관련해서 내가 직접 겪은 경험을 이야기할까 한다.
슈바벤 지방의 한 작은 도시에서 있었던 일이다. 시립도서관에서
강연을 하기로 약속이 되어 있었다. 나는 사전에 강연계획서를 보
내면서, 무엇보다도 호텔과 강연장으로 가는 길이 표시된 약도를

보내달라고 부탁했다. 그런데 한 달 동안 감감무소식이었다. 마침내 강연 날짜를 얼마 앞두고 내가 직접 전화를 걸었다. 도서관 사서는 내가 부탁했던 약도를 보내주겠다고 했다. 그녀의 목소리를 듣고, 나는 그녀가 내 말을 진지하게 받아들이지 않는다는 인상을 받았다.

"그런데 프레콥 선생님께서는 전에 한번 이곳에 들린 적이 있더군요. 약 5년 전쯤에요. 기억이 안 나세요? 정 원하신다면 그렇게 할게요. 지도를 보내드릴게요."

그런데 내가 받은 것은 호텔과 강연장으로 가는 길이 그려진 약도 대신 린다우에서 내가 강연할 도시까지 가는 길을 빨갛게 그려놓은 남부독일의 지도였다. 다시 한 번 도서관 사서에게 전화를 걸어, 내 자동차에 항법장치가 장착되어 있어서 그런 지도는 필요 없다는 말을 해주고 싶었다. 또 내가 강연장이 표시된 있는 그곳의 시내 지도를 보내달라고 했던 것은, 내 항법장치에는 아직 그 도시의 도로들이 입력되어 있지 않기 때문이었다는 말을 해주고도 싶었다. 하지만 쓸데없는 짓인 것만 같아 그만 두기로 하고, 그 지역에 가서 주유소나 친절한 행인에게 길을 물어보기로 작정하고 그냥 출발했다. 별 문제없이 일이 계획대로 되어 내 스스로 직접 강연장을 찾을 수 있었다.

"프레콥 선생님, 길 찾는 데 지장은 없었나요?"

도서관 사서가 간드러진 목소리로 걱정깨나 했다는 듯이 물었다. 난 할 말을 잃었다. 그래도 화를 내지 않고, 덤덤하게 대답했다.

"보시다시피 이렇게 여기 와 있네요."

하지만 속에서는 분노가 들끓고 있었다. 그런 말을 할 필요가 있었나? 도대체 이 여자는 내가 모욕감을 느꼈다는 사실을 알기는 알까? 그것도 연이어 말이다. 처음에 이 여자는 5년 전에 이곳에서 강연했던 일을 기억하지 못한다고 나를 멍청이로 취급했다. 나에 대해서, 그리고 거의 매일 대중 앞에 나서야 하는 내 사정에 대해서 상상해보려고 했다면, 한 번 갔던 곳을 일일이 다 내 머릿속에 담아두기가 어렵다는 것을 익히 이해했을 것이다. 이 점에서 보면, 사서는 나를 과대평가한 것이다. 그런데 그 다음에 이 여자는 나를 형편없이 낮춰보았다. 과연 내가 평범한 독일의 교통안내도를 제대로 볼 수는 있는지 의심했다. 내가 무엇을 알고 있고 또 무엇을 모르고 있는지 평가하려고 하다보니, 내 입장에서 생각할 수가 없었다고 한다면, 나로서는 나쁘게 생각할 까닭이 없다. 그런데 이 여자는 나에 대해 그릇된 판단을 내려놓고, 감히 그것을 말의 행간을 통해 표현하려고 했다. 그 점이 날 화나게 한 것이다. 이 여자는 그런 행동이 나에게 어떤 감정을 불러일으킬 것인지에 대해서는 생각하지 않았다. 내게 남은 건 삭일 길 없는 분노뿐이었다. 사서는 분명히 내가 분노하고 있다는 낌새를 챘을 것이다. 아니, 어쩌면 눈치 채지 못했을지도 모른다. 오히려 프레콥이라는 여자가 웃긴다고 생각할지도 모른다. 우리 둘 사이에 불필요한 오해가 있다고 있었다고 여길지도 모른다. 지금 기분 같아서는 두 번 다시는 강연 요청에 응하고 싶지 않다.

도움보다는 마음에 상처를 입히는 충고는 상대에게 공격적인 태도를 불러일으킨다. 그런 충고는 실제로 마음에 타격을 준다. 누구라도 알 수 있는 일에 대해 충고를 받을 때, 상대는 대부분 이를 충고가 아니라 모욕으로 받아들인다. 충고하는 사람이 상대에게 자기가 더 영리하고 잘났다고 행세하는 것이나 다름없기 때문이다. 그런데 왜 꼭 그렇게 행동하는 사람이 있는 것일까? 그러자내 상대의 과거가 나의 관심을 끌었다.

"형제가 몇이에요?"

내가 도서관 사서에게 묻는다.

"내가 첫째예요. 셋 중에 첫째요."

사서가 대답한다.

아, 그랬구나! 그렇다면 이 여자는 바로 전형적인 첫째의 운명을 겪었다고 볼 수 있다. 처음에 이 여자는 외동딸로서 한 가족의 중심에 서서 모든 사람들의 관심을 독차지할 수 있었다. 하지만둘째 아이가 태어나면서, 그녀는 이러한 특권을 잃었다. 그때까지 누리던 안전한 보호막이 사라진 것이다. 그 대신 자기가 동생보다 더 크고, 우월하며, 더 많이 안다는 의식을 통해서 심리적으로 안정을 얻는다. 그리고 이러한 의식을 지탱하기 위해서, 첫째아이는 동생을 가르치고 도와야겠다는 다른 말로 하면, 작은 아이를 더 작게 만들어야겠다는 내적인 압박감을 느낀다. 그런데 이와같은 커다란 심리적 전환은 동생들이 아직 태어나지 않아서 외동자식이 그들에 대해 감정이입을 할 기회를 갖지 못하는 나이에는 일어나지 않는다. 외동자식에게는 어른 보호자에 대해서 감정이입을 할 수 있는 기회만 있을 뿐이다. 물론 이는 어른들이 이 아이를 버릇없이 키우지 않았을 때 가능한 이야기이다. 그런데 첫째 아이는 버릇이 잘못들 확률이 매우 높다. 첫째 아이는 부모의 결혼에 대한 축복인 동시에 할머니 할아버지에게는 커다란 기쁨이기도 하다. 보호자들에게 둘러싸인 첫째 아이는 마치 왕좌에 오른 듯한 기분을 느낀다. 보호자들은 비록 안타깝더라도 발달하는 어린이의 자아를 감안하여 자신의 감정을 자제해야 하는데, 오히려 아이가 바라는 것보다 훨씬 더 멀리까지 아이의 소망에 대해 감정이입을 한다. 이러다 보니 아이는 자기 자신을 인식할 기회를 놓치게 된다. 이러한 단점을 첫째 아이는 의식하지 못한다. 아이가 자기 고집만 부리고, 다른 사람에 대해 감정이입을 하지 못한다고 느끼는 다른 사람들 눈에만 그렇게 보일 따름이다.

물론 이것이 첫째 아이의 피할 수 없는 운명은 아니다. 훗날 유치원, 학교의 공동생활, 청소년 단체나 이와 비슷한 단체 활동을 통해서, 반복해서 약자의 역할을 수행하면서, 자신을 인식하고 다른 사람들에 대해 감정이입을 할 기회를 충분히 가질 수도 있다. 그런데 이런 기회를 놓칠 수도 있다. 머리가 좋고 재주가 뛰어나서 교사의 총애를 받고 지내다가, 자기가 최고이고 가장 중요한 존재이며, 앞으로도 계속 그럴 것이라는 자만심에 젖어 학창시절을 보낸 경우에는 그럴 수 있다. 그렇게 되면 다른 사람에게 감정이입을 하고, 자신을 다른 사람에게 맞출 필요를 느끼지 않는다.

지나치게 높이 올라가버린 자아의 눈에는, 자기가 앉아있는 왕좌를 둘러싸고 있는 보잘것없는 사람들이 보이지 않는다.

우리의 도서관 사서도 처음에는 전형적으로 사랑을 독차지하던 외동자식이었을 것이다. 그 뒤에 두 동생이 생겼을 때도, 사람들은 그녀를 동생들에 비해 더 났다고 여겼다. 학교에서도 그녀는 가장 공부를 잘하는 학생으로 통했고, 다른 학생들과의 경쟁을 늘 비켜갈 수 있었다. 특히 책에 관해서는 가장 많이 아는 학생이었다. 심지어는 훗날 책을 직업으로 삼을 정도였다. 오늘날 그녀는 도서관 사서로 지낸다. 그런데 자기 자신을 위해서 다음과 같은 질문을 던질 줄 모르는 사서이다.

'내가 지도를 볼 줄 아느냐고 물으면, 프레콥 선생은 어떤 기분이 들까?'

왜 그녀에게는 이런 생각이 떠오르지 않는 것일까? 그에 앞서 그녀는 자신의 자기인식 능력에 대해 이렇게 질문을 던져보아야 했다.

"어떤 사람이 내가 그의 지도해독 능력에 대해 의심한다면 어떤 기분이 들까?"

대답은 지극히 명백하다. 그랬다면 질문 받는 사람을 고려하여, 본래 하려고 했던 질문을 취소했을 것이다.

그건 그렇다고 치고, 나는 왜 그렇게 큰 모욕을 느끼는 것일까? 전체적으로 볼 때, 도서관 사서에게 책임을 떠넘기는 것은 나로서는 해로울 것 없이 편한 일이다. 하지만 그 여자에게는 나에게 모욕을 주려는 의도가 전혀 없었다. 오히려 정반대로, 다른 강연을 위해서 나를 붙들고 싶어 했다. 그렇다면 살짝 건드리기만 했는데도 알레르기 반응을 일으키는 이 상처는 나의 내면 어디에 있는 것일까?

2녀 중 둘째로 태어난 나는 첫째로 태어나 모든 것을 나보다 더 잘 아는 언니 때문에 항상 초라함을 느꼈다. 언니는 꾸준히 나를 가르쳤고, 잘못을 고쳐주었으며, 어느 정도는 부드럽게 나를 도와주었고, 이런저런 충고를 해주었다. 그것이 내게 지나친 부담이 되었고, 그것이 나에게는 방해가 되었으며, 내 의지대로 할 수가 없다는 것 때문에 화가 났다는 사실을 언니는 깨닫지 못했다. 언니에게는 그러한 행동을 통해서 자신이 우월하다는 것을 끊임없이 입증하는 것이 중요했다. 그런 행동이 바람직하다고 느낀 것은 언니 혼자만이 아니었다. 동생보다 나이가 많고, 동생을 도와주고, 가르치고, 함께 키우는 언니를 보며, 부모님은 커다란 기쁨을 느꼈다. 물론 언니는 좋은 의도에서 그렇게 행동한 것이다. 오늘날까지도 언니는 내 후견인 역할을 했던 것을 공으로 내세운다. 그때 언니의 도움(오늘날에도 언니는 자주 날 도와준다)이 나를 화나게 했다고 하면 언니는 믿지를 않는다. 언니가 좋은 의도로 한 충고들이 실제로 내 마음에 상처를 주기도 했다. 나이 어린아이도 쉽게 할 수 있는 지극히 당연한 일에 대해서 충고를 받을 경우에는 마음의 상처가 더 컸다. 나이 어린 동생으로서 내 자신이 무기력하고, 방어능력이 없으며, 패배자와 같은 기분이 들었다.

그때 나는 반박할 수가 없었다. 아직 말이 능숙하지 않았고, 논쟁에서 상대를 공격할 수 있는 능력이 없었기 때문이다. 내가 할 수 있는 일은 분노를 꿀꺽 삼키는 것뿐이었다.

언니와 함께 사는 동안에 분노가 점점 쌓여갔다. 나중에는 상상력과, 아마추어 연극의 마녀 배역, 운동 시합을 통해서 분노를 해소할 수 있었고, 또 모욕감을 드러내고, 밖에 나가서 나를 방어하는 방법을 익히기도 했다. 그래도 내 안에 쌓여 있는, 언니를 향한 분노와 관계된 어린 동생의 무력감은 지워지지 않았다. 그것은 작지만 대단히 고통스런 상처였다.

그와 비슷한 상황들은 모두 내게 상처를 들쑤시고 삭은 고름을 터뜨리는 바늘이 되었다. 내가 벌써 몇 년 전부터 강연을 하느라 자동차로 온 나라를 구석구석 누비고 다니는 것을 익히 알면서도 학교 선생님 티를 내며 나의 지도 읽는 능력을 의심하는 소리가 들렸을 때, 그 소리가 당장 내 귀에는 어린 시절의 언니 목소리로 들렸다.

"문장을 새로 시작할 때는 대문자로 시작한다는 것을 잊지 마!"

또 오늘날의 목소리도 들렸다.

"너 빵 반죽에 효모 넣었니?"

지금은 내가 태어나면서 언니가 어떤 어려움에 빠졌는지 이해한다. 그래서 도서관 사서의 마음도 헤아릴 수 있다. 그 자리에서 알레르기 반응을 보이지 말고, 그녀가 그렇게 행동하게 된 배경을 생각했더라면 더 좋았을 것이다.

"다시 한 번 나를 불러준다면 기꺼이 오겠어요."

사서의 처지를 고려하면서 곰곰이 생각한 끝에 내린 나의 결론이었다.

어린이들에게서 겪는 전형적인 두 가지 문제

한 어머니가 와서 하소연을 늘어놓는다.

"우리 아이가 너무 부산을 떨어요. 소아과 의사가 그러는데 과다행동이래요. 요즈음 사람들이 말하는 주의력결핍 증상 아동으로 진단이 나온대요. 그러면서 가까운 시일 안에 리탈린을 처방하게 될 거라고 하더군요."

이야기를 하는 동안에도 그녀는 두 살짜리 사내아이를 품에 붙들어두려고 애를 쓴다. 하지만 아이를 붙잡는 데 실패한다. 그녀가 안간힘을 다하는 만큼, 아이도 그녀에게서 떨어지려고 발버둥을 친다. 엄마가 두 팔로 붙들면, 아이는 계속 빠져나간다. 그러면 엄마는 다시 아이를 붙들려고 한다. 하지만 그때마다 아이는 미끄러운 뱀장어 마냥 엄마 품에서 빠져나간다. 마침내 엄마는 더 이상 싸울 힘을 잃고, 아이를 놓아준다. 아이는 이 물건을 만졌다 저 물건을 만졌다 하며 나비처럼 돌아다닌다. 잠시 레고에 정신을 팔다가, 이윽고 간단한 퍼즐에 매달리더니, 다 끝내지도 않고, 조각들을 사방으로 마구 내던진다. 그러다가 또 다른 데 정신을 판다.

"자기 힘으로 당신과 힘겨루기를 하여 빠져나갈 때마다, 아이의 기분이 어떨 거라고 생각하시나요?"

"무슨 말씀이죠?"

"내가 한 말 그대로예요."

나는 내 질문을 다시 한 번 되풀이한다.

"거기에 대해서는 아직 생각해본 적이 없어요."

그녀가 대답한다.

"아이에게 감정이입을 해보세요. 긴 시간 동안 안간힘을 다 쓴 끝에 엄마 팔에서 벗어날 때, 아이에게 어떤 기분이 들까요? 아이는 누가 힘이 더 세다고 생각할까요? 엄마일까요, 자기일까요?"

한 동안 침묵이 흐른다. 어떻게 질문하는 게 좋을까?

"진지하게 질문하는 거예요. 아이는 누가 힘이 더 세다고 생각할까요? 엄마일까요, 자기 자신일까요? 언제든 당신이 대답할 때까지 기다릴게요. 이것은 우리 상담에서 정말로 중요한 문제이니까요. 당신 아들은 누가 더 강하다고 생각할까요? 자기 자신일까요, 어머니일까요?"

그녀는 계속 머뭇거린다. 나는 그녀가 이것을 직접 경험할 수 있는 기회를 주기로 한다.

"우리끼리 그와 똑같이 힘겨루기를 해봐요. 당신이 내 품에 있다가 빠져나가 봐요."

여자는 내가 시키는 대로 한다. 처음엔 어려움이 있었지만, 그 여자는 마침내 내 품에 안긴다. 물론 내 힘에 맞서 있는 힘을 다

쏟자, 그녀는 내 품에서 벗어날 수 있었다.

"나와 힘겨루기를 해보니 누가 더 힘이 세다는 기분이 드나
요?"

"물론 저요."

"그래요! 거기에 문제가 있어요. 당신의 어린 아들은 누가 더
힘이 세다고 생각할까요?"

"……."

이제 우리는 대답을 얻은 셈이다. 중요한 것을 깨달은 것이다.
이 젊은 어머니는 지금 무슨 생각을 하고 있을까? 아들이 보기에
는 엄마가 자기보다 더 힘이 약하다. 그런데도 아들이 엄마 옆에
서 안전하게 보호받는다는 느낌을 가질 수 있을까? 어머니가 아
들에게 밀리는데, 아들이 어머니를 본보기로 삼아 받들려고 할 수
있을까? 자기주장이 거의 없거나 아예 없고, 계속해서 긍정과 부
정 사이에서 오락가락하는 어머니에게서, 아들이 옳고 그름에 대
한 방향감각을 습득할 수 있을까? 이렇게 말이 왔다 갔다 하는 어
머니를 아들이 존경하고 사랑할 수 있을까? 오히려 어머니를 부
담스러워하지는 않을까?

자신의 육체적인 경험을 통해서 아이의 상황에 대해 감정이입
을 해본 적이 없었기 때문에 어머니는 이런 점들을 깨달을 수가
없었다. 물론 이 젊은 어머니는 아이에게 강한 엄마가 필요하다는
것을 알고 있다. 하지만 직접 경험을 하고 난 뒤에야 비로소, 강한
엄마를 바라는 아이의 기분이 어떤 것인지 이해하게 되었다.

다른 예가 있다. 사춘기에 접어든 딸이 자기 물건들을 거실바닥에 잔뜩 어질러놓고는 자기 방으로 사라진다. 방에 들어가서는 좋아하는 음악을 튼다. 그 소리가 어찌나 큰지, 고막이 터질 것 같다. 이웃집들까지 쾅쾅 울릴 정도이다. 그런데도 딸은 소리를 줄일 줄 모른다. 그래 놓고 외출한 적도 여러 번 있었다. 모르긴 해도 디스코장에 갔기가 십상이었을 것이다. 이럴 때는 어찌 하는 것이 좋을까?

먼저 나는 부모에게 그럴 때 어떻게 하는지 묻는다. 부모는 야단을 치고, 음악을 크게 듣지 못하게 하고, 디스코장에 대해 출입금지령을 내리지만, 별무신통이라고 한다.

"딸에게 당신들의 기분에 대해 감정이입을 할 기회를 주어보았나요?"

"무슨 말씀이죠?"

"딸을 사랑하고 생각하는 마음에서, 사춘기 딸의 반항을 누그러뜨리려는 부모의 심정이 어떤 것인지 딸은 알고 있나요?"

"우린 그 아이를 꾸짖어요. 그러면 안 된다고 말하기도 하고요. 음악을 크게 틀지 말라고 하면, 조용해져요."

금지라는 것은 아이에게, 부모를 사랑하고 생각하는 마음에서 우러나와 자신을 변화시키는 동기로 작용할 수가 없다. 그런데 부모에게 그것을 설명할 방법이 내 머리에 쉽게 떠오르지 않는다. 금지는 감정적으로 갈등만 야기할 수 있을 뿐이다. 쉽게 말하면, 딸에게는 다음과 같이 말하는 것이 좋다.

"네가 네 물건들을 여기저기 늘어놓은 걸 보면 우린 화가 나. 아빠는 돈을 벌기 위해 하루 종일 힘들게 일해. 그건 너를 위한 일이기도 하고. 그런데 네가 음악을 쾅쾅 틀어놓으면 아빠는 쉴 수가 없어. 네가 그걸 알아주지 못할 때는 난 서글퍼. 네가 아무 말도 없이 외출하면 우리는 불안해. 네가 버릇없는 행동을 하더라도, 우리는 여전히 널 사랑해. 물론 네겐 반항할 권리가 있어. 하지만 네가 반항할 때, 엄마 아빠의 기분이 어떨지 한번 헤아려 봐."

그들은 이와 같은 자세로 딸을 대하지 않았다. 딸이 아직 어렸을 적에도, 그들은 지금처럼 교육을 앞에 내세웠다. 그런데 이제 딸에게 더 이상 그런 교육이 통하지 않는다. 문제는 바로 거기에 있다. 교육상담사가 권고한 대로, 그들은 일관되게 교육적인 태도를 유지하려고 애썼다. 한 번도 원칙에서 벗어난 적이 없었다. 바람직하지 못한 행동을 하면 딸에게 벌을 주고, 바람직한 행동을 하면 상을 주었다. 과연 딸은 감정이입 능력을 키울 수 있는 기회를 얻을 수 있었을까? 몇 가지 예를 통해서 상상해보기로 하자.

딸이 착한 일을 하면, 부모는 "대단해!", "최고야!", 아니면 "정말 잘했어" 하고 칭찬했다. 그리고 딸이 말을 듣지 않고, 버릇없게 굴면, 손바닥으로 찰싹 때리거나, 용서를 빌고 다시 예의바른 행동을 할 때까지 자기 방에서 나오지 못하게 했다. 또는 텔레비전을 보지 못하게 하거나, 과자를 먹지 못하게 하는 벌을 주었다.

그 어디에도 부모가 감정을 표현하여, 아이로 하여금 감정이입을 할 수 있도록 도와준 흔적이 없다. 부모가 감정을 드러내지 않는데, 자라나는 아이가 무얼 보고 부모의 마음을 고려하는 태도를 키울 수 있었을까?

유치원의 일상

이름가르트는 벌써 20년 넘게 유치원교사로 일하고 있다. 다음은 그녀가 나에게 들려준 이야기이다.

"겨울이었어요. 기온은 섭씨 영하 5도였고요. 율리안이 티셔츠 차림에 샌들을 신고 유치원에 왔어요. 나는 아이 어머니에게 전화를 했어요. 날이 이렇게 추운데 율리안이 옷도 제대로 입고 않고 않았다고요. 스웨터, 잠바, 겨울신발 차림을 했으면 좋았을 거라고요. 그런데 그 어머니는 '나도 아이에게 그렇게 말했어요. 그런데 애가 말을 듣지 않아요. 율리안에게도 자기 마음대로 결정할 권리가 있으니까요.'"

참으로 감정이입도 할 줄 모르고, 아이도 제대로 보살필 줄 모르는 사람이다. 네 살짜리 사내아이가 자기가 내린 결정의 결과를 어떻게 알 수 있겠는가? 영하의 날씨에 겉옷도 걸치지 않고 밖에 나가 오래 있으면 어떻게 될 것인지를 아이의 입장에서 생각했다면, 어머니는 당연히 아이에게 따뜻하게 옷을 입혔을 것이다. 아이가 옷을 입으려고 하든, 입지 않으려고 하든 상관없이 말이다. 어머니가 상상력을 발휘하여 아이에게 감정이입을 하지 못하면,

그 고통은 오롯이 아이 몫이 될 수밖에 없다. 율리안의 어머니는 아이의 판단력의 발달단계를 고려하지 못하고, 아이의 때 이른 자유로운 결단에 대해 손을 들어주었다. 그러나 결과적으로는 아이를 고려하지 못한 행동을 한 셈이 되었다.

또 다른 경우를 보자. 다섯 살짜리 니나는 늘 최신 유행의 값비싼 옷만 입고 다닌다. 또 매일 옷이 바뀐다. 유치원 앞에서 어머니와 헤어질 때마다, 항상 니나는 조심하라는 주의를 듣는다.

"옷 더럽히지 마!"

니나의 어머니는 딸이 유치원에서 하루 종일 어떻게 지내는지 생각해보기는 했을까? 다른 아이들과 함께 그림을 그리고 놀이를 할 때, 니나가 마음 놓고 어울릴 수 없다는 사실을? 그래서 아이들 눈에 방관자로 보이면, 나 홀로 공주라는 낙인이 찍힌다는 것을? 몇몇 여자아이들이 니나를 시샘하며 조롱한다는 사실을? 니나가 유행복 시장의 마네킹이 되는 것을 좋아할 사람은 누구인가? 대답을 찾는 일은 어렵지 않다.

또 다른 예가 하나 더 있다. 안드레아스는 매일 아침 유치원에 갈 때마다 엄마에게서 부탁을 받는다. 엄마의 모습을 그려달라는 부탁이다. 그런데 안드레아스를 데리러 올 때가 되면, 어머니는 그 사실을 까맣게 잊어버리고는, "엄마 그림 그렸니?" 하고 물어본 적이 없다.

아이가 유치원에 있는 동안에도 아이의 기억에서 잊혀지고 싶지 않은 마음에 대해서는 굳이 뭐라고 할 말이 없다. 그렇다고 그

걸 위해서 어머니가, 변화를 꾀하지도 않고, 꼭 그렇게 단조롭고 기계적이기까지 한 방법을 쓸 필요가 있을까? 아이에게 감정이 입을 할 때, 어머니의 단순한 아이디어는 비로소 명확한 윤곽을 얻게 된다. 그런데 이 윤곽은 색이 검다.

물론 아이는 적어도 반나절 동안은 엄마가 그려달라고 한 그림을 잊고 있을 것이다. 또 아예 까맣게 잊어버릴 때도 더러 있을 것이다. 하지만 어머니가 그림을 그려달라고 부탁할 때마다, 아이는 자기도 모르게 죄책감을 느낀다. 사실 아이로서는 죄책감 때문에 마음이 무거울 필요가 전혀 없다. 하지만 만일 어머니가 실망스런 반응을 보일 경우에, 이는 아이에게 어머니의 사랑에 틈이 생기고, 어머니가 아이의 사랑을 의심하게 되었다는 것을 알려주는 신호가 될 것이다.

그림을 그려달라는 부탁이 어떨 결과를 불러올지 때 맞춰 생각하기만 했어도, 어머니는 아이가 쓸데없이 마음의 갈등을 느끼지 않게 해줄 수 있었을 것이다. 어머니 모습이 들어있는 팔찌나 부적, 목걸이 같은 것으로 사랑을 전하려고 했으면 아무런 문제가 없었을 것이다.

이런 예는 무수히 많다.

한 어머니는 몸에 열이 있는 3살짜리 요슈아를 유치원에 보냈다. 기진맥진한 기색이 역력한 아이를 보고 교사가 체온계를 가져다 재보니, 체온이 38.6도나 되었다. 교사는 어머니에게 전화를 걸어 요슈아를 집에 데려갈 수 없겠냐고 물었다. 거절하는 대답이

돌아왔다. 중요한 약속이 남아있다는 것이었다.

"아이 몸에 열이 있긴 해요. 하지만 어디 있든 별 문제는 없을 거예요. 아침에 아이에게 열이 있다는 걸 알았어요. 하지만 꼭 외출할 일이 있어서, 요슈아를 선생님에게 맡긴 거예요. 선생님 곁에 있으면 괜찮을 거예요."

계모도 아이를 이렇게 돌보지는 않을 거라는 생각이 든다. 엄마도 없이 열 때문에 탈진상태에 빠진 아이의 마음이 어떤 지경인지, 어머니라면 익히 상상할 수 있지 않았을까? 다른 아이들이 즐거워하며 떠드는 소리도, 십중팔구 요슈아에게는 성가신 소음으로 들리고, 어쩌면 악몽 같지 않았을까? 요슈아에게는 엄마 곁에서, 테디 곰 인형을 안고 침대에 누워있고 싶은 생각이 간절하지 않았을까?

이런 질문에 대해 내 스스로 대답을 하다보니, 점점 더 요슈아의 어머니의 처사에 납득이 가지 않는다. 어떻게 어머니가 그렇게 냉혈한일 수 있을까? 그 뒤 얼마 안 있어서, 나는 요슈아의 어머니를 알게 될 기회가 있었다. 나는 그녀가 어린 시절을 동독에서 보냈다는 것을 알게 되었다. 부모가 모두 직장생활을 했기 때문에, 그녀는 생후 6개월 때부터 탁아소에 가게 되었다. 그녀는 저녁하고 밤 시간에만 부모와 함께 지냈다. 주말에도 어머니와 아버지 모두 자기 할 일이 있었다. 어떤 점에서 보면 그녀는 부모님의 가정보다는 탁아소에서 대량 양육을 통해 성장한 셈이었다. 그녀는 요슈아에게 자기 자신이 겪었던 것보다 더 큰 어려움이 있을 것이라고 여기지 않았다. 나는 그런 요슈아의 어머니의 입장에서 생각하지 못했던 것이다. 세 살 버릇 여든까지 간다는 말이 있다. 난 퍼뜩 그녀의 행동이 이해가 되었다.

학교운동장의 스냅사진

초등학교의 휴식시간이다. 사내아이들과 여자아이들 사이에 뚜렷하지는 않지만, 확인할 수는 있는 구분선이 드러난다. 여자 아이들은 킥킥거리기나, 말다툼을 하면서 이야기들을 나누는 반면에, 사내아이들은 목하 전쟁을 수행 중이다. 총에 맞아 쓰러지고, 밟히고, 얻어맞고, 드잡이를 벌인다. 사정을 두지 않는다. 적은 가차 없이 때려눕힌다. 땅바닥에 누워서 짓밟히는 아이가 소리친다.

"야, 이제 그만해."

하지만 상대는 공격을 멈추지 않는다. 아이는 영화에서 본 대로 적을 향해 연신 발길질을 가한다. 이미 패배한 자를 배려하는 마음 같은 것은 눈곱만치도 없다.

전에도 사내아이들은 걸핏하면 전쟁을 벌였다. 맞서 싸우며, 서열이 판가름 날 때까지 서로 힘을 겨루었다. 뺨을 때리거나 주먹으로 배를 치는 것 정도는 지나친 행동이 아니었다. 피를 흘려야 싸움을 그쳤다. 그리고 싸움에서 항복한 아이에게는 경멸이 담긴 자비이긴 했지만, 그래도 자비를 베풀었다. 몇 십 년 전까지만 해도, 상대를 인정하고 그를 배려하는 것을 당연하게 여겼다. 그런데 이러한 관행이 눈 깜짝할 사이에 사라지고 말았다. 그런 관행이 사라진 것과 똑같은 속도로 아동 청소년의 범죄가 늘어난 것은 아닐까? 비스바덴 출신의 범죄학 교수인 루돌프 에크 박사는 이 문제에 대해서 이렇게 이야기한다. "청소년들이 폭력을 휘두르는 윤리적 기준이 크게 낮아졌다. 이를테면 잠바를 놓고 말싸움을 벌인 일이, 상대를 입원치료를 받아야 할 정도로 폭행하는 빌미가 되기 충분하다. 일년 동안 폭력범행의 숫자가 160,000건에서 187,000건으로 증가하였다. ……그 실질적인 원인은 가해자를 둘러싼 사회와 가정의 주변 환경이 야만적으로 비인간화된 데 있다. 대중매체에 등장하는 폭력도 일정한 역할을 할 것이다. 하지만 그 역할이 과대평가되고 있다."

벌써부터 이렇게 무의미하고 잔인한 폭력을 휘두르는 소년들이 앞으로 크면 어떤 사람이 될 것인가? 하지만 공격적인 성향이 이런 소년들에게 무의미한 것만은 아니다. 자신이 지닌 투쟁적인 힘에 대한 순수한 희열 때문에 소년들은 다른 아이들에게 도전하고, 또 그들을 공격한다. 그 순간 누구를 상대로 맞서는가에 대해서 소년들은 전혀 개의치 않는다. 얼굴이 자기들과 조금 달라 보이거나, 피부색이 다른 것만으로 벌써 상대를 공격할 충분한 빌미가 된다. 상대가 자기들에게 친절한 미소를 보내면, 소년들을 그가 자기들을 조롱한다고 여긴다. 지나가는 어떤 소년이 남의 눈에 띄지 싶지가 않아서 눈길을 피하려고 하면, 소년들은 그가 자기들을 무시하여 모욕을 안겨준 것으로 간주한다. 물론 소년들에게는 공격적 충동을 마음껏 발산할 권리가 있다. 이는 지극히 당연한 사실이다. 다만 문제가 있다면, 인간성의 참뜻에 대한 이해가 부족하다는 것이다.

완전한 성인이 되기 전이기 때문에, 소년들에게는 아직 변화의 여지가 있다. 그러므로 나는 그 사이에 아이들이 공격성을 발산하는 방법에 대해 강도 높은 훈련을 받기를 바란다. 특히 건설적인 공격성과 파괴적인 공격성을 구분하는 법을 배워야 한다. 공격적인 에너지를 발산하는 것은 좋지만, 예의범절에 어긋나지 않는 방법으로 해야 한다는 것을 알아야 한다. 축구, 권투, 펜싱을 하는 것도 좋고, 어울리는 상대와 공정한 규칙에 따라 즉석에서 시합을 벌이는 것도 좋다. 대화를 통해서 갈등을 해결하는 전략에 숙달되어 있어야, 육체적인 충돌을 피할 수 있다. 삼척동자도 다 아는 원칙, 곧 다른 사람으로부터 위해를 받는 것을 원하지 않거든, 나도 다른 사람에게 위해를 가하지 않아야 한다는 원칙은 여기서도 타당하다. 바로 여기서 감정이입의 기본전제는 자기인식이라는 것을 명쾌하게 확인할 수 있다. 자기인식이 없으면, 자신과 비슷한 상황에 처해 있는 다른 사람의 심정을 자신의 그것과 비교하여 이해할 수가 없다. 이 사내아이들은 적절한 시기에 자신을 인식했던 기회를 가져본 적이 있을까? 여기서 적절한 시기란 가장 이른 시점을 의미한다. 다시 말하면 늦어도 태어나면서부터라는 뜻이다.

자기인식은 어머니 뱃속에 있을 때, 벌써 은연중에 무의식적으로 시작된다. 미래의 어머니가 아기와 자신이 한 몸으로 연결되어 있음을 느끼고, 아기의 움직임에 대해 기쁨이 가득한 손길로 배를 쓰다듬어줄 때 시작된다. 이 사내아이의 어머니는 아이의 감정에 관심이 있었고, 지금도 관심이 있을까? 아이가 기뻐하면, 어머니도 함께 기뻐했을까? 슬퍼하면 엄마도 그 슬픔을 함께 느끼며 위로해주었을까? 아이에게 그의 감정을 비춰주어서, 아이가 그것을 의식할 수 있도록 하기 위해서, 엄마는 아이에게 감정이입을 해본 적이 있을까? 나는 계속 묻는다. 아이의 아버지도 아이에게 감정이입을 했을까? 더 나아가 아들에게 건설적인 공격성에 대한 모범을 보여주고, 갈등을 극복할 수 있는 태도를 길러주었을까? 안타깝게도 나는 부정적인 대답을 할 수밖에 없다. 지금 아이들이 불쌍하다.

여기서 또 의문이 생긴다. 이 어머니에게는 자기에게 감정이입을 해준 어머니가 있었을까? 이 아버지는 자기 아버지를 본보기로 삼아 받들 수 있었을까? 어려서 배우지 못한 것을 커서 남에게 베풀기란 참으로 힘든 일이다. 바로 이들에게 해당하는 말이다.

쉬는 시간의 풍경

구내매점으로 아이들이 몰려든다. 어른들이 으레 연출하곤 하는 장사진은 찾아볼 수가 없다. 아무리 봐도 지금 아이들에게는 줄서기 원칙이 통하지 않는 듯 하다. 사방에서 힘센 녀석들이 창문 앞에 서있는 매점종업원을 향해 달려들면서, 힘이 약한 녀석들을 뒤로 밀쳐낸다. 사내아이나 여자아이들 모두 마찬가지다. 눈길을 주고받으며 상대를 배려하는 모습 같은 것은 눈을 씻고 봐도 찾을 수가 없다. 어쩌다 눈빛을 마주쳤을 경우에도, 고소해하는 기색이 역력하다.

왜 매점종업원은 아이들이 질서를 지킬 수 있도록 애쓰지 않을까? 그런데 그녀에게 그럴 의무가 있는가? 그녀가 여기서 일하는 것은 아이들을 교육하려는 목적 때문이 아니다. 이 건물에는 고등교육을 받은 많은 교육자들이 있다. 그런데 그들은 어디 있을까? 왜 이곳에는 아이들을 감독할 의무가 있음을 인식하고, 그들에게 예의범절을 가르쳐주는 교사가 한 사람도 보이지 않을까?

오늘날 많은 주에서 학교들이 그런 역할을 외면하고 있다. 인간성을 교육하는 것보다 구체적인 지식과 생산성 향상 기술을 가르치는 일을 훨씬 더 중요하게 여긴다. 수학과 화학을 가르치는 일을 우선적인 과제로 내세운다. 다른 사람과 몸이 부딪힐 때 지켜야 할 태도나, 나중에 다시 사이좋게 지낼 수 있도록 동작을 자제하는 방법과 같이, 예의범절에 속하는 교육은 모두 하찮게 취급한다. 하지만 가정교육을 통해서, 또 그것의 연장인 학교에서 그런 태도들을 습득하지 못한다면, 도대체 어디서 가치 지향적인 교육을 받아야 한단 말인가? 아이가 학교에 있는 동안에는, 학교가 부모노릇을 대신해야 한다. 이는 당연한 일이다. 많은 경우 여기서 의문이 제기된다. 학교가 부모노릇을 대신하려고 할 때 의지할만한 기초를 도대체 가정에서 닦아주기는 했는가? 가정에서 그런 기초를 닦아주었다고 치자. 그렇다면 밀림과 비슷한 법칙이 지배하는 학교에서 그 기초가 무너지지 않고 지탱할 방도는 있는가?

다행히 요즈음 학교 제도에 혁신의 물결이 일렁이는 기미가 감지되고 있다. 물론 위기가 없었다면, 혁신의 물결도 일지 않았을 것이다. 그 물결이 한 번의 일렁임으로 그치지 않길 빈다.

결혼 생활

"저 바람 피웠어요. 어쩌다 별 생각 없이 외도를 하게 되었어요. 출장 중에 한 번 그런 일이 있었어요."

나와 잘 아는 사람이 내게 속내를 털어놓는다.

"그래서요? 왜 내게 그런 말을 하나요?"

"아내에게 고백을 해야 옳은지 하지 말아야 옳은지 판단할 수가 없었어요. 하지만 정직함이 모든 것에 우선한다고 생각했기 때문에, 아내에게 사실대로 이야기했어요. 비밀을 털어놓길 잘했다고 생각하세요?"

"진작에 내게 말하지 그랬어요. 혹시 당신 부인이 의심을 하던가요? 아니면 그녀가 당신 잠옷에서 다른 여자의 화장품 흔적을 발견하기라도 했나요?"

"아니요. 제 아내는 털끝만치도 의심을 품지 않았어요. 지금 아내는 저에게 무척 화가 나 있어요."

"두 말하면 잔소리죠. 아내가 화를 내는 게 이상한가요? 당연히 그녀가 화를 낼 거라고 예상했어야죠. 당신한테서 그런 이야기를 듣고 어떤 반응을 보일지, 그녀의 입장에서 생각해 봤어요? 그녀는 당신을 사랑해요. 그녀에겐 당신이 모든 것이에요."

"그건 옛날 일이에요. 비밀을 털어놓기 전에는 그랬어요. 하지만 이제 아내는 치를 떨며 내 곁을 떠나려고 해요. 이럴 바엔 자기도 바람을 피울 걸 그랬다고 하고요. 그래야 공평하다면서."

"그럴 만도 하죠. 사랑에 큰 상처를 받았으니까요. 원래 당신에겐 무엇이 더 중요했나요? 정직하게 사는 것과 아내에 대한 사랑을 지키는 것 가운데서요."

"본래는 정직이 더 중요했어요. 비밀을 숨긴 채, 뚝 시치미를 떼고 살고 싶지는 않았으니까요. 하지만 이제 내게는 사랑이 더 중요해졌어요."

"물이 다 쏟아지고 나서야 그걸 깨달았군요. 사태가 돌이킬 수 없는 지경이 되고나서야, 아내가 얼마나 마음에 상처를 받았는지 알게 된 셈이군요. 고백을 하기 전에, 그녀가 마음 아파할 것이라고 예상했어야 했어요. 그랬더라면 입을 다물고, 아내를 보호하려고 했을 거예요. 양심의 가책으로 당신은 고통을 받더라도, 외도사실을 비밀에 부쳤겠지요. 당신은 만사 제쳐두고 자기 고통만을 생각했어요. 그녀가 받을 마음의 상처는 눈곱만치도 고려하지 않았어요. 말하자면 당신에겐 감성지능이 좀 부족했던 거예요. 앞으로 벌어질 상황에 대해서, 미리 조금이라도 경우의 수를 따져보았다면 달랐겠지요. 경우의 수를 계산해 보았다면, 당신이 한 행동의 옳고 그름에 대한 추론을 할 수 있었을 거예요."

"내가 멍청한 거죠."

"맞아요."

성관계에서의 감성적 무능력

나는 동성애에 빠진 여성들을 여러 명 알고 있다. 내가 알기로 그들은 좋은 어머니였다. 상담을 통해서 그들의 결혼생활을 지켜주기에 나는 역부족이었다. 그래서 그 문제에 대해서 그들과 솔직한 대화를 나누어 보았다.

"우리 남편은 내가 무엇을 원하는지 전혀 감을 잡지 못했어요. 나는 내 몸의 어느 곳이 남편의 손길을 원하는지 넌지시 알려주려고 애를 썼어요. 그 사람의 손길을 그곳으로 이끄는 것은 나로서는 고통에 가까운 일이었어요. 하지만 내게 어떤 느낌이 오기가 무섭게 그는 내 몸에서 떨어졌어요. 남편 스스로 그런 감을 잡지 못하는데, 내 입으로 털어놓고 말하기는 더욱 더 고통스런 일이었어요. 물론 나는 마음속으로 기꺼이, 남편이 쾌감을 느낄 수 있도록 애무하고 자극해줄 준비를 하고 있어요. 내가 먼저 애무하고 자극하며 그를 유혹하기도 했어요. 그렇게 하면 나에게 응답해줄 것으로 기대하고서요. 하지만 그는 옴짝달싹하지 않았어요. 두 손을 옆에 나란히 늘어놓고 누워있기만 했어요. 고작해야 내 어깨나 머리에 손을 얹을 뿐이었어요. 하지만 그런 곳은 내 성감대가 아니에요. 그는 마치 폭군처럼 나의 봉사와 애무를 받기만 했어요. 마치 내 자신이 사창가에서 남자들에게 봉사하고 봉사료나 받는 여자가 된 듯한 기분이 들었어요. 난 남편에게서 오르가슴을 느껴본 적이 한 번도 없었어요. 하지만 그는 항상 오르가슴을 느꼈어요. 우리 두 사람 사이에 불화가 일자, 남편은 자기는 능력껏 최선을 다했는데 그 정도 밖에 되지 않는다고 변명했어요. 하지만 문제는 그 사람이 성적 능력이 없다는 것이 아니라, 감성적으로 무능력하다는 데 있어요. 그는 항상 자기 자신, 자신의 즐거움, 자신의 오르가슴만을 생각했어요."

"동성애 관계에서 당신이 원하는 것이, 남자와 같은 기분을 느끼는 건가요?"

"그럴 리가요. 그건 절대 아니에요. 제 여자친구도 마찬가지고요. 나는 내가 여자여서 참으로 기뻐요. 제 여자친구도 그렇게 생각해요. 어떻게 하는 것이 여자인 나의 기분을 좋게 해주는가를 그녀는 남자보다 더 잘 알고 있어요. 나도 마찬가지고요. 여자인 우리끼리 사랑을 나누면서 비로소 우리는 오르가슴을 느껴요. 여자로서 우리는 서로 상대의 기분을 잘 헤아릴 수가 있어요."

나는 그녀에게 자신의 성적 욕구를 남편에게 분명하게 알려주려고 최선을 다했냐고 물었다. 그녀는 우연히 그렇게 된 것처럼 해서, 포르노 영화 광고가 나오는 텔레비전 방송을 틀었다고 했다. 여자들이 자위행위를 하거나 동성애 관계를 가지면서, 성적 자극을 주는 방법과 성감대를 가리키는 장면이 나올 때, 남편이 그것을 염두에 담아주기를 바랐다. 그녀는 남편에게 이성간의 성관계를 보여주는 포르노 필름은 보여주지 않았다. 그런 포르노 영화에 나오는 사람들이 자기 남편과 비슷했기 때문이었다. 거기 나온 사람들은 격렬하게 키스를 하고, 잠깐 애무를 나눈 뒤에 곧바로 성관계에 돌입했다. 하체의 성관계에만 몰두했다. 상체, 곧 가슴 애무를 보면, 대부분 여자가 자기 손으로 직접 하는 것이었다. 그녀는 그런 영화들을 보면서, 여자가 아니라 남자들 손으로 촬영한 것이라는 인상을 받았다. 그 점에 대해서 남편과 이야기를 나누었지만, 자기는 그런 문제와는 상관없는 여자인 듯이 굴었다. 남편에게 마음의 상처를 주지 않으려는 배려이기도 했고, 자신이 음란한 여자처럼 보일까 두렵기 때문이기도 했다. 지극히 일반적인 관점에서 성관계라는 문제에 대해 이야기하고 있는 듯 보이게 하려고 노력했다. 하지만 그녀의 남편은 눈곱만치도 그런 눈치를 채지 못했다. 그에게서 달라진 것은 아무것도 없었다. 물론 그녀는 자위행위로 성적인 만족을 얻을 수도 있었다. 하지만 그러자니 좀 우스꽝스럽다는 생각이 들었다. 두 사람이 서로 만족을 주고받는 것이 훨씬 더 아름다워 보였다. 그녀는 남자와 함께 그런 쾌감을 누리고 싶었다. 하지만 남자들은 다 똑같아 보였다. 모두가 성기를 통한 만족에만 집착했다. 하지만 여성들은 상체를 통해서도 성적 쾌감을 얻길 원한다. 가슴도 좋고, 상상력을 통한 쾌감도 좋다. 이 점에 관해서 그녀와 여자친구는 서로의 마음을 아주 잘 이해하고 있다. 무엇을 원하는지 굳이 말할 필요가 없다. 그녀의 여자친구는 그녀가 원하는 것을 잘 알고 있다. 여자로서 비슷하거나, 똑같은 성적 욕구를 갖고 있기 때문이다.

남성들 사이에서도 동성애 관계가 엄청난 속도로 확산되고 있다. 이는 어둠 속에 묻혀있던 동성애의 거대한 실상을 세상에 폭로했던 대중사회가 점점 더 동성애에 대해 너그러움을 보이는 데 책임이 있다. 하지만 그것만이 동성애 확산 현상에 책임이 있는 것은 아니다. 지금까지는 이성과 성관계를 갖던 많은 남성들이 갈수록 더 양성애에 빠져들고 있으며, 그 가운데 일부는 분명히 동성애 관계를 더 선호하고 있다. 나는 이런 남성들과 늘 솔직한 대화를 나눌 수 있었다. 이런 남성들 가운데 대부분은, 동성애에 빠진 여성들이 동성애를 선호하는 근거로 내게 말하는 것과 똑같은 주장을 내세웠다.

"남자들은 남성의 성적 욕구에 친숙하기 때문에, 그것을 더 잘 이해할 수 있어요."

"파트너가 나에게는 거울과 같아요. 마치 그가 또 다른 나인 것 같아요. 그와 동일한 나의 성적 존재를 통해서, 나는 그에게서 나를 다시 발견해요."

"나는 내 남자친구에게서 내 자신이 필요로 하는 것을 얻고, 그는 나에게서 자기에게 필요한 것을 얻고요."

남성은 남성끼리 여성은 여성끼리 있을 때, 상대의 성적 쾌락에 대해 더 잘 알 수 있다는 말이다. 일반적으로 이성 파트너에게 쏟는 정도만큼의 많은 노력을 기울이지 않고도, 동성 파트너와 함께 자신의 성적 쾌락을 더 강렬하게 즐길 수 있다는 것이다.

뭐가 잘못 되어도 한참 잘못된 세상이다! 혼인 관계가 무너지고, 아이들은 부모의 이혼을 감내해야 한다. 형제자매도 포기해야 한다. 여성들은 레즈비언이 되고, 남성들은 호모가 되어 끼리끼리 성관계를 갖기 때문이다. 이런 현상이 벌어지는 원인은 오로지 하나밖에 없다. 남성은 여성에게, 여성은 남성에게 감정이입을 할 수 없기 때문이다.

그밖에도 나는 성적 무능력으로 고통을 겪는 많은 기혼남성들이, 아내가 자기를 이해하지 못한다고 투덜대는 소리를 듣고 있다. 그들은 아내의 성적 기대치는 높은 데 비해, 자신의 능력은 너무나 부족하다고 느낀다. 아내는 이상적인 성관계를 요구한다. 전희를 길게 하고, 반드시 남편이 오르가슴을 느끼기 직전, 아니면 남편과 동시에 자기도 오르가슴을 느껴야 한다고 주장한다.

"이런 명령을 받고나서, 내 심정이 어떨지 이해해주면 얼마나 좋겠어요!"

그건 그렇다. 여성은 그걸 알 수 없다. 결코 그런 경험을 할 수 없기 때문이다. 여성은 성적 능력을 발휘해야 한다는 압박감을 느낄 필요가 없다. 오르가슴을 느끼는 척하는 연기를 할 수가 있기 때문이다. 하지만 남성들은 그럴 수가 없다. 아내의 높은 기대, 그리고 아내에게 확실한 성적 만족을 주어야 한다는 자신의 기대가, 남편에게 불안감을 불러일으킨다. 성적 만족을 주지 못할까 불안하고, 사랑하는 아내가 실망할까 불안하며, 사랑을 잃게 될까 불안하고, 정력이 약해졌을까 싶어 불안하다. 그러다 보면 성적 욕구와 성관계를 갖고 싶은 마음이 사라진다. 이 두 가지는 남성에게 자발적으로 성관계를 갖는다는 느낌을 안겨주는 절대적인 전제조건이다. 그러다보니 이 남성은 자신의 전체적인 체험에서 육체적인 감각을 분리시킨다. 이유는 육체적인 감각을 감시하기 위해서다. 그리고는 악순환에 빠진다. 불안감이 커질수록, 자신의 전체적인 힘을 고려해볼 때, 자신이 점점 더 초라해지는 기분을 느낀다. 또 자신이 육체적으로 약하다는 느낌이 짙어질수록, 그만큼 불안감도 더 커진다.

그 밖의 다른 요인들도 분명히 성적 무능력의 원인으로 작용한다. 더 나아가서 동성애 성향이, 유전적 요인, 호르몬이나 정서적인 요인을 통해서, 또는 이것들이 체계적으로 상호 작용한 결과로 발생할 수도 있다는 것도 미루어 짐작할 수 있는 일이다. 그런데 남성과 여성이 서로 상대에 대해 감정이입을 하지 못하는 것을 동성애의 원인으로 꼽는 사람들이 갈수록 늘어나고 있다는 사실에 나는 놀라움을 금할 수가 없다. 그건 사랑의 가장 은밀하고 민감한 핵심이 공격을 받고 있다는 뜻이기 때문이다. 사랑의 근원이 위험에 처해 있고, 사랑의 신비가 사라지고 있다. 서로 다른 양성 사이에서 사랑이 생겨나는 것, 그리고 주기도 하고 받기도 하고, 상대에 맞추기도 하고 내 뜻을 고집하기도 하고, 힘들기도 하고 힘이 솟기도 하고, 밉기도 하고 사랑스럽기도 한 온갖 우여곡절을 겪으며 사랑이 이루어지는 것은 창조주의 뜻이다. 바로 남성과 여성이 정반대되는 존재이기 때문에, 이성 사이에 서로를 잡아끄는 힘이 생기고, 서로 상대의 마음을 이해하고 헤아리려는 마음이 일어나는 것이다. 창조의 근본 공식인 대립 법칙, 다시 말하면 양극성의 법칙은, 남성과 여성의 결합을 통해서 최대한으로 그 효력을 발휘한다. 이 공식 속에 암호로 저장되어 있는 것이 사랑이다. 또 이 공식을 통해 창조의 근원적인 의미가 계속 계승되는 것이다.

이성 파트너에 대해 감정이입을 하는 대신에 동성 상대와 공감을 추구하고, 이타주의 대신 이기주의가 지배하게 된다면, 인구는 감소하고, 창조력은 쇠퇴할 것이다.

학자들과 언론인들은 이런 현상의 원인과 해결책에 대해 고민하고 있다. 이 대목을 쓰고 있는 동안에, 잡지 〈 포커스(Focus) 〉의 2002년 7월호가 발행되었는데, 지면의 대부분이 성 문제를 다루고 있다. '성의 침체'라는 제목으로 이런 글도 실려 있다.

"1990년대에 성을 연구한 교수들이 작성한 성욕 지수를 보면, 놀랍게도 그 추세가 하락하고 있다. 심지어는 대학생들에게서도 성욕 지수가 내려가고 있다. 행복으로 가는 열쇠에 대해 사람들은 많은 것을 약속해주는 이름을 붙였다. 성 지능지수가 바로 그것이다. 이 말은 누구든 산수나 외국어를 배우듯, 성욕을 올바르게 다루는 방법을 배울 수 있다는 것을 암시한다……. 성 지능지수는 오르가슴, 발기, 파트너, 출산 횟수로도, 또 예쁘게 그린 음순을 카메라에 담는 방법으로도 측정되지 않는다. 성 지능지수는 질문과 대답, 이론과 이념으로 구성된다. ……그래서 우리는 눈치 빠른 책들을 보고 성 지능지수를 습득한다."

순전히 이론적인 개념들뿐이어서 골치가 아프다. 사랑에 대해서는 한 마디도 없다. 하지만 나는 사랑의 역할에 대해 언급한 인용문 두 개를 발견할 수 있었다. 글의 맨 끝에서 미국의 적성검사 개발자인 콘래드와 밀번은 능동적 은근히 감정이입의 중요성에 대해 강조하였다.

"……성 지능지수는 교환할 수 있고, 인간의 비밀스런 욕망에 대해 정통하며, 이 욕망들을 통해 명맥을 유지할 수도 있는 지식의 조합이다." 코블렌츠-란다우 대학의 노르베르트 클루게 교수도 이 문제에 대해 자세하게 언급하였다. "지능지수에 호소하는 것은 내가 보기에 전형적으로 미국식이다. 모든 것을 학습프로그램을 통해서 전달할 수 있다고 보는 것이다. 그래도 지식과 행동 사이에는 늘 차이가 있기 마련이다. 나라면 차라리 '성적 의사소통'이나 '성적 판단능력'이라는 용어를 사용할 것이다……."

그것은 본질적으로 다음과 같은 사실을 의미한다.

"파트너를 진지하게, 언제나 새롭게 받아들인다. 파트너를 나의 욕구를 위한 도구로 삼지 않는다. 파트너가 나와 다름을 인정하고 옹호한다. 두 사람의 관계를 위한 기준에 합의한다. 성과 관련된 부분에 필요한 기준도 마련한다. 관계란 완결된 상태가 아니라, 역동적인 것임을 이해한다. 파트너가 자기에게 베풀어주기를 바라는 만큼 나도 파트너에게 베풀어주어야 한다는 사실을 항상 유의한다."

값싼 위안이 치명적인 상처가 될 수 있다

이 사건은 언론을 통해 알려진 것이다. 19살 된 다피트는 인터넷에서 17살 된 안네를 알게 되었다. 다피트에게는 진정한 첫 사랑이었다. 그는 그녀도 자기에게 그런 사랑을 주기를 원했다. 두 사람은 여러 시간 동안 전화로 이야기를 나누고, 우편으로 사진들을 주고받았으며, 하트 모양을 그려 보냈다. 안네를 너무나 사랑했던 다피트는 더 이상 그녀와 떨어져 지내고 싶지 않았다. 마침내 그는 안네를 찾아가 만나보고, 돌아올 때에는 그녀를 부모의 집으로 데리고 오겠다고 마음먹었다. 아들의 말을 듣고 부모는 매우 기뻐했다. 그들은 외아들인 다피트의 일에 대해서 크게 염려하고 있었기 때문에, 그가 행복한 사랑을 할 수 있기를 바랐다. 그런데 이튿날 다피트는 안네를 두고 혼자 돌아왔다. 그녀가 그에게 퇴짜를 놓았기 때문이다. 직접 만나서 사귀어 보니, 이런저런 일이 그녀에게 실망을 안겨주었던 것이다. 아버지는 극도의 불행에 빠진 다피트를 위로하려고 했다.

"앞으로도 스무 번은 더 사랑에 빠지게 될 거야."

자기 방으로 기어들어간 다피트는 컴퓨터에 앉아서, 자살하겠다는 사실을 널리 알렸다. 이튿날 그는 기차에 몸을 던졌다. 일이 벌어진 뒤에야, 아버지는 아들을 위로하기 위해서 한 말이 적절하지 못했다는 것을 두고두고 후회하는 수밖에 없었다.

아버지는 그저 말없이 아들을 껴안아 주면서 다피트에게 아버지의 마음을 느끼게 해주었어야 했다.

"마음에 큰 상처를 받았겠구나. 견딜 수 없을 정도로 고통스러울 거야. 네 마음이 어떨지 아빠는 안다. 내 곁에서 실컷 울어라. 더 이상 눈물이 나오지 않을 때까지, 너를 붙잡아 줄 테니."

왜 아버지는 아들이 입장이 되어 생각해보고, 그를 붙잡아주지 못했을까? 나는 다피트의 아버지가 아들의 그것과 비교할만한 사랑의 고통을 겪어본 적이 한 번도 없었을 것이라고 확신한다. 아마도 처음에는 20명쯤 되는 여자들과 사귀다가, 가장 크게 사랑을 느낀 여자가 나타나자 결혼하여 지금까지 살았을 것이다.

에리카 슈하르트는 다음과 같이 말한다.

"아버지는 아들에게 고통스런 충고를 하여 마음에 타격을 줄 것이 아니라, 아들의 절망적인 상황을 함께 견디며, 그의 말을 귀담아들어주었어야 했다. 다피트 곁에 머물면서, 그가 스스로 대답을 찾아내고, 결연한 의지로 새롭게 다시 시작할 것임을 아버지로서 믿어 의심치 않는다는 마음을 보여주었어야 했다. 다시 말하면 동반자 역할을 수행했어야 했다. 하지만 이는 도움을 주는 사람에게 쉽지 않은 과제이다. 음악에 비교하자면, 독창이 아니라, 둘째 파트를 담당해야 하기 때문이다. 동반자 역할이란 다음과 같은 것이다."

- 앞서 가거나 뒤에서 걷는 것이 아니라, 곁에서 귀를 기울여주어야 한다.
- 도움의 수단들이 통하지 않을 때는 언제이고, 용기를 불어넣어줄 때는 언제이며, 마음에 상처를 줄 때는 언제인지 감지하고 있어야 한다.
- 출구를 알고 있는 사람이 아무도 없을 때는, 하느님이 도움의 손길을 내밀어 줄 것이라는 믿음을 주어야 한다.
- 지금은 힘이 없지만, 당사자와 도움을 주는 두 사람을 위해 새로운 힘이 솟아날 것임을 희망하고 믿어야 한다.

어머니가 적이 되다

"내게 하고 싶은 얘기가 아이들이 들어도 괜찮은 얘기라면, 아이를 그냥 곁에 있게 하세요."

상담하러 온 가족을 맞이하면서 내가 하는 말이다.

"어쨌든 아이 때문에 오셨을 테니까요. 그렇지요?"

많은 내 동료들과 달리 난 처음 만나 이야기를 나눌 때에는 어린이들을 대화에 참여하게 한다. 어린이는 부모가 자기 때문에 나를 찾아왔다는 사실을 알고 있거나, 적어도 눈치는 채고 있다. 우리 부모가 나 때문에 심리 상담을 받은 적은 없었다. 그래서 나는 어린 시절에 상담이 진행되고 있는 문 뒤에서 기다리는 심정이 어떤 것인지 직접 경험하지는 못 했다. 하지만 어렸을 때, 어머니가 내가 없는 자리에서 내 험담을 했다는 이야기를 여러 번 들은 적이 있었다. 그 생각만 하면 지금도 마음이 아프다.

옛 체코슬로바키아에서 살 때, 이에 비견할만한 고통을 겪은 경험이 있다. 나는 이것을 생생하게 기억하고 있다. 그곳이 공산주의 독재 치하에 놓여 있을 때, 모든 시민은 비밀경찰의 감시를 받았다. 비밀경찰이 어떤 사람에 대해서 어떻게 판단하고, 또 비판하는지에 대한 이야기들이 당사자의 등 뒤에서 수없이 오고갔다. 그때를 회상하면, 늘 목덜미에서 비밀정보 수집에 대한 공포가 스멀거리곤 한다. 그 때문에 나는 이러한 경험을 어느 누구에게도 강요하고 싶지가 않다. 인간에게는 주위 사람들이 자기에게 어떤 생각을 갖고 있는지 숨김없이 알 권리가 있다. 또 자기가 주위 사람들에게 어떤 생각을 갖고 있는지 그들에게 알려줄 권리도 있다. 이처럼 숨김없이 생각을 주고받을 권리는, 어른과 어린이를 막론하고, 모든 사람에게 보장되어야 한다. 하지만 그럴 경우에는 상대에게 그런 의견을 감당할 능력이 있는가를 고려하는 것이 중요하다.

"어른들끼리만 나누어야 할 이야기라는 생각이 들거든, 서슴없이 나에게 눈치를 주세요."

나는 부모들에게 이렇게 부탁한다.

"그렇지 않을 경우에는, 당신 아이를 우리 곁에 있게 해서, 내가 아이에 대해 알게 되고, 또 당신이 아이를 어떻게 대하는지 알 수 있게 되면 좋을 거예요."

8살 된 플로리안은 우리와 함께 같은 탁자에 앉아 있으려고 하지 않았다.

"엄마가 나에 대해 무슨 말을 하려고 하는지 알아요."

플로리안은 마지못해 한 마디 던지더니, 내가 심심하게 있기 싫으면 내 방에서 장난감과 책들을 구경하라고 하자 흔쾌히 그 말에 따랐다.

"무슨 이야기부터 시작하면 좋을지 모르겠네요. 플로리안은 얼마나 불안한 아이인지 몰라요. 요즘 사람들이 하는 말을 빌리면 과다행동이에요."

아이 엄마가 입을 열었다.

"누가 불러도 듣질 않아요. 식탁에 가만히 앉아있질 못해요. 숙제를 하면서도 쉬지 않고 자리에서 앉았다 일어났다 해요."

언제부터 불안한 태도를 보이기 시작했느냐는 나의 물음에, 지난 2년 동안에 플로리안의 행동이 눈에 띄게 변했다고 대답했다. 그전까지는 플로리안은 꽤 얌전한 아이였다고 한다.

"아이가 이제는 틈만 나면 컴퓨터만 가지고 놀려고 해요. 영락

없이 자기 아빠하고 똑같아요."

"애가 당신 말을 안 듣는 책임을 내게 뒤집어씌우지 마."

아빠가 약간 언성을 높이며 반박한다.

"난 일과를 마친 뒤에는 쉴 권리가 있어. 어떤 사람은 음악을 들으면서, 당신 같은 경우는 전화통화를 하면서, 그리고 난 컴퓨터를 하면서 쉰다고. 집에 있는 사람은 당신이니까, 우리 아이를 키우는 것도 당신 몫이야."

여기서 나는 부부사이에 문제가 있다는 것을 직감한다. 하지만 그런 문제로 아이에게 짐을 지워서는 안 된다. 나는 부모에게 이 점을 암암리에 지적해주려고 애쓴다. 안타깝게도 내 노력이 부족해서인지, 어머니는 나를 무시하고 계속 남편을 비난한다. 무의식적으로 내 머릿속에서 플로리안이 부모의 말다툼 내용을 속속들이 알고 있으며, 아이 눈에 엄마가 아빠를 비난하는 일이 이번이 처음이 아닐 것이라는 생각이 퍼뜩 떠올랐다.

"당신, 당신 정말."

이번에는 엄마가 언성을 높인다.

"모든 책임이 다 나한테 있다 이 말이지? 난 그저 집에서 살림만 하는 여자로 있어라 이 말이고? 하지만 나도 당신한테 할 말이 있어."

나는 플로리안을 지켜보며, 아이가 점점 불안해지는 것을 눈치챈다. 플로리안은 이미 쌓아올린 장난감 집을 향해 레고 조각들을 집어던진다.

"미안하지만 그런 때는 지났어. 난 직장생활을 다시 시작할 거야. 당신이 얼마나 형편없는 아버지인가를 알았다면, 아이를 낳지 않았을 거야. 맹세하는데, 더 이상 당신 아이를 낳는 일은 없을 거야."

아이 어머니의 입에서 속사포처럼 남편을 비난하는 말이 쏟아졌다. 난 "제발, 그만 하세요!"라고 했지만, 그녀는 내 말을 듣지 못했다. 그녀에게 부탁하고 경고하는 의미에서 얼굴을 찡그려 보기도 했다. 하지만 그녀가 나를 쳐다보지 않았기 때문에 소용이 없었다.

아이는 다시 장난감 집을 짓고 있었다. 이번에는 집 앞에 이동 장난감 인물을 세워놓았다. 어머니와 아버지, 그리고 두 아이였다.

"또다시 임신을 하더라도, 낙태를 할 거야. 지난 가을에 했던 것처럼."

장난감 집에 다시 레고 조각들이 날아든다. 이번에는 장난감 집뿐만이 아니라, 장난감 인물들도 레고 조각 세례를 받는다. 아이들이 먼저 쓰러진다. 그 다음에 아빠가 넘어진다. 플로리안은 뒤집어진 어머니를 손으로 집어 든다. 그리고는 장난감 어머니로 막대기로 두드리듯 책상모서리를 두들긴다. 아이는 격렬한 몸짓으로 가지고 놀던 모든 장난감을 장난감 상자 속으로 집어던진다. 모두 숨이 끊어진다. 완벽한 파멸이고, 세상의 종말이다.

아이의 정신 속에서도 뭔가가 파괴되어버렸다. 복구할 수 없는 피해를 입은 것이다. 우리로서는 사태를 돌이킬 수가 없다. 아이를 보호하기에 이젠 너무 늦어버렸다. 잠깐 동안에 그렇게 많은 피해가 발생할 수도 있다는 것을 예상할 수 있었어야 했는데, 그렇지 못했다. 난 죄책감을 느낀다.

"아이가 이런 이야기를 처음 듣는 건가요?"

내가 약간 완곡하게 질문을 던진다.

"그러면 좋게요!"

아버지가 대답한다. 그의 목소리가 씁쓸하게 들린다.

"이 사람은 어디서나 지금처럼 내 욕을 해요. 누가 있던 상관없어요. 우리 어머니와 아이 앞에서 내 욕을 하는 것을 더 좋아해요."

나는 아이를 위한 상담은 부차적인 문제라는 것을 깨닫는다. 아무래도 부모가, 특히 어머니가 상담을 받아야 할 것 같다. 그래서 나는 플로리안을 옆방으로 보낸다.

"거기 가면 칠판하고, 색 분필이 있거든. 네가 그리고 싶은 것이 있으면 마음껏 그려도 돼."

우리가 나누는 대화의 핵심주제는 감정이입이다. 이 부부는 자기들이 다투는 소리를 들었을 때, 아이가 무슨 생각을 했을지 알아보려고 했을까? 아이의 처지에서 생각해 보았을까? 아이는 부모의 불행에 대해서 반드시 죄책감을 느끼게 되어있다. 자기 때문에 부모가 말다툼을 벌였고, 자기 때문에 엄마 아빠가 상담을 받으러 왔다고 생각한다. 도대체 부모라는 사람들이, 플로리안 나이 또래의 아이들이, 심지어 나이가 더 많은 아이들도, 세상의 모든 일을 자기 자신에게 연관시킨다는 사실을 알고는 있을까? 아이들에게는 자기 때문에 태양이 구름 뒤로 숨는다고 철썩 같이 믿는 성향이 있다. 바로 그러한 논리로 부모의 말다툼도 자기 때문에 벌어진 일이라고 굳게 믿는다. 그런데 이 부모는 그런 점을 알고는 있을까?

"당신은 어린 시절에 오늘과 비슷한 일이 벌어졌던 것을 기억할 수 있나요?"

다행히 아이의 어머니는, 자기 아버지가 어머니에게 손찌검을 할 때면, 남몰래 죄책감을 느꼈던 일을 꽤 생생하게 기억하고 있었다. 그녀는 마치 자기가 맞을 짓을 한 것처럼 죄책감을 느꼈다. 아버지의 손찌검을 막으려고, 두 사람 사이를 가로막은 적도 여러 번 있었다. 그녀는 아버지와 어머니에 대해서 어떤 느낌을 갖고 있을까? 그녀는 어머니 편을 들었다. 자칫하다가는 목숨을 잃을 수도 있었지만, 어머니를 보호하려고 했다. 그와 반면에 아버지를 흑사병처럼 증오했다. 그런데 이제 와서는 그 증오를 남편을 향해 쏟고 있었다. 그 당시에 아버지가 어머니에게 손찌검을 하는 것을 보고, 어린 마음에 무슨 생각이 들었을까?

"여자들은 불쌍하고, 남자들은 하나같이 다 형편없는 인간이라는 생각이 들었어요."

나의 질문이, 지금도 여전히 고통스럽게 느끼는 자기 인식을 그녀에게 불러일으킨 것이다. 그러자 그녀는 서서히 이해하기 시작했다. 자기가 했던 것과 비슷하게, 플로리안도 약자의 편에 섰고,

그의 편을 들었으며, 가해자를 미워했다. 플로리안이 누구를 가해자로 여기는지는 그녀가 보기에도 의심의 여지가 없었다. 자기가 주장한 대로 남자들이 다 형편없는 인간이라면, 어린 남자 플로리안도 자신을 형편없는 인간으로 여길 것이고, 그렇기 때문에 형편없는 남자들끼리 연대의 약조 같은 것을 맺을 수밖에 없을 것이라는 점에 대해서 그녀는 한 번도 생각해본 적이 없었다. 아직 태어나지 않은 자기 동생들을 어머니가 살해하려고 한다는 것을 알았을 때, 플로리안에게 어머니가 어떤 모습으로 보였을까?

"살인자의 모습이었을 거예요."

이것을 일상생활에서 플로리안이 보여준 행동과 연결하여 해석해보자. 아이는 아버지와 동생들의 복수를 하기 위해서 살인자 어머니에 맞서 싸울 수밖에 없었을 것이다. 그냥 수수방관하고 있어서는 안 될 것 같았기 때문이다. 그래서 놀이에도, 또 학교 공부에도 제대로 정신을 집중하지 못했던 것이다. 만일의 사태에 대비하여 늘 촉각을 곤두세우고 있었으니까 말이다. 그러니 나날이 전쟁일 수밖에 없었다.

어머니가 적절한 시기에 아들에게 감정이입을 했더라면, 부부싸움 때문에 마음에 상처를 입을 수 있다는 것을 고려하여, 아이를 보호해줄 수 있었을 것이다. 어른들에게는 아이에게 없는 소화 능력이 있다. 어른들은 이 점을 알아야 한다. 어른들은 해결책을 찾을 수 있다. 예를 들면 광고를 통해서 새로운 배우자를 구할 수도 있다. 그와 반면에, 아이들은 삶의 조건에 무기력하게 내던져져 있다. 아이들은 다른 어머니나 다른 아버지를 구한다는 광고를 낼 수가 없다. 아이가 마음에 상처를 받는다는 것을 알았으면, 어른들은 문제를 자기들끼리 직접 해결하고, 아이를 보호해야 한다. 플로리안의 어머니는 왜 이 점을 몰랐을까? 왜 그녀는 아이에게 감정이입을 하지 못했을까? 그녀 역시 어린 시절에 부모에게서 감정이입을 받아본 경험이 없었기 때문이다. 그런 식으로 감정이입 능력의 쇠퇴현상이 세대를 거치며 확산된다. 자기가 받아보지 못한 것을 남에게 베풀 수는 없는 법이다. 아버지가 되었을 때, 플로리안이 어떻게 자기 아이들에게 감정이입을 할 수 있겠는가? 운이 좋으면, 그가 감정이입을 하지 못하는 것을 안타깝게 여긴 나머지, 사랑으로 이것을 가르쳐줄 아내를 만날지도 모른다. 하지만 이것은 자발적이고 자연스런 발전을 통해 감정이입 능력을 얻는 방법이 아니라, 동정을 통해 감정이입 능력에 도달하는 예외적인 길이다.

플로리안의 어머니가 감정이입 없이는 사랑이 불가능하다는 사실을 깨닫는다면 어떻게 될까? 어쩌면 그녀도 아들을 통해서 감정이입 능력을 얻게 될지 모른다. 그녀는 자기가 아이에게 사랑을 받는다고 느끼지 못하고 있다. 이제는 그 사랑이 사라진 까닭을 이해하고 있다. 어머니와 아이의 관계가 헝클어졌다는 것을 깨닫고 나서, 마음의 고통이 자꾸만 커지면, 그녀는 더 의식적으로 사랑의 회복을 위해 진력할 것이다. 입에 쓴 약이 몸에는 좋을 수가 있다.

나는 장난감 상자에서 어머니 인물 모형을 꺼내들었다.

"플로리안이 이 여자를 내던졌어요."

벌겋게 달아오른 어머니의 뺨 위로 눈물이 흘러내렸다.

난 이번에는 아버지 인물 모형을 꺼냈다.

"플로리안이 이것도 내던졌어요."

아버지도 눈물을 감추기가 쉽지 않았다. 하지만 나는 그를 보호하지 않고, 상처에 소금을 뿌렸다.

"그건 그렇다 치고, 플로리안과 내가 있는 앞에서 아내가 늘 하던 것처럼 당신 욕을 했을 때, 기분이 어떻던가요?"

본래 이 질문은 나로서는 전혀 의도하지 않았던 것이다. 그의 아내가 그에게 했어야 할 질문이었다. 그래서 나는 그녀에게 남편에게 나처럼 물어보라 하라고 요구했다.

"남편을 쳐다보고 직접 물어보세요."

아직 눈물이 마르지 않은 슬픈 눈으로 그녀는 남편을 바라보았다. 남편에게 질문을 던질 때, 그녀의 목소리에서도 눈물이 묻어났다.

"내가 당신 욕을 할 때, 기분이 어땠어?"

"슬프고, 내가 형편없는 존재라는 기분이 들고, 거세당한 느낌이었어. 마치 당신이 늘 날 나무라는 우리 어머니 같았어. 우리 어머니는 자기가 내 자신감을 무너뜨리고 있다는 것을 전혀 의식하지 못했거든."

난 그녀에게 남편을 이해했는지, 또 이해했다면 어떻게 이해했는지 그에게 말해주라고 요구했다.

"정말로 내 행동을 보면 당신 어머니가 떠올라? 그리고 당신이 내 남편이 아니고, 내 아이인 것처럼 위축된다는 것이 사실이야? 하지만 난 당신을 내 남편으로 알고 싶어!"

이제야 이해가 되었다. 마음에 상처를 입은 두 아이가 결혼을 한 것이다. 어떻게 해야 이 아이들이 어른으로서 한 쌍을 이루고, 부모가 될 수 있겠는가? 나는 여전히 아이에 머물러 있는 이 두 어른들부터 돕기 시작해야 한다는 것을 깨닫게 되었다. 이들은 어린 시절에 부모에게서 받지 못했던 것을 서로에게 찾아주어야 한다. 다시 말해서 서로 상대에게 감정이입을 하고, 상대를 이해하고, 말로는 갖가지 의구심을 털어놓더라도, 서로 사랑받고 있다는 것을 느낄 수 있도록, 얼굴과 얼굴을 맞대고 마주 앉을 용기를 찾아주어야 한다.

나는 두 장난감 인물 모형을 내 손에 놓고 하나로 묶어주었다.

"이 모습을 보고, 실제로 따라해 보세요."

그들은 내 말에 따랐다. 두 사람이 팔짱을 끼고 있는 동안에, 부르지도 않았는데 플로리안이 방으로 뛰어 들어왔다. 엄마 아빠 사이의 감정적인 분위기에 큰 변화가 있다는 것을 분명히 육감으로 느꼈기 때문이다. 오랫동안 긴장감을 느껴왔던 것과 똑같이, 이제 아이는 예감하고 있다. 지금은 사랑이 흐르고 있다는 것을 알고 있다. 플로리안은 처음에는 어머니의 품으로, 다음에는 아버지 품으로 뛰어들면서, 행복한 표정으로 부모에게 몸을 비벼댔다.

과중한 업무에 시달리는 양로원 직원

양로원에서 가장 눈에 띄는 것은, 감정이입과 상대에 대한 배려가 부족하다는 점이다. 변호사에게 호소할 힘도 없고, 불만을 호소해도 진지하게 받아들여지지도 않는 가장 힘없는 사람들, 철저하게 버림받은 사람들이야말로 이웃사랑을 확인해볼 수 있는 척도가 아닐 수 없다. 인간관계의 리트머스 시험지가 되는 것이다. 양로원에는 노인 간호사 직업을 소명으로 삼은, 훌륭하고 마음씨 고운 도우미들이 있다. 그러나 이곳에서 일하는 모든 사람들이 다 그런 감성을 갖고 있는 건 아니다. 84살 된 할머니가 다음과 같이 본인의 입으로 털어놓은 이야기를 들으면서, 나도 인생의 말년을 양로원에서 보내야 한다는 생각을 하면 마음이 답답해진다.

"직원들을 통틀어서 마음에서 우러나 우리를 도와주는 친절한 사람은 한 사람뿐이에요. 그녀는 대부분 야간 당직을 서요. 내게는 그녀가 어둠을 비춰주는 외로운 등대 같아요. 다른 모든 남녀 간호사들은, 선뜻 나서서 담당하고 싶은 마음이 내키지 않는 노인네라는 꼬리표를 내게 달아놓았나 봐요. 그런 기분이 들어요. 하지만 내겐 도움의 손길이 필요해요. 연거푸 뇌졸중에 걸리고 난 뒤로는, 손발이 마비되었거든요. 나를 씻겨주고, 닦아주고, 마사지를 해줄 때 보면, 기계가 하듯 해요. 내 얼굴을 쳐다보는 사람은 거의 없어요. 말을 걸 때 보면, '안녕하세요!' 나 '할머니' 라고 해요. 누구 한 사람 내 이름을 불러주지 않아요. 난 이곳에서 벌써 이름을 잃어 버렸어요. 이름 없는 할머니가 되고 말았어요. 씻겨 주기 전에 간호사들은 내 잠옷을 벗겨요. 나는 내 차례가 올 때까지, 아주 벌거벗은 채 침대에 누워서 한참을 기다려야 해요. 난 그런 상태가 고통스럽고 수치스러운데, 아무도 그걸 몰라줘요. 간호사들은 하나같이, 업무를 처리하는 데 시간이 너무 부족하다고 하소연해요. 난 정해진 시간에 기왕이면 친절하게 일을 할 수도 있다고 생각해요. 그런 말을 입 밖에 낼 수가 없어서 그렇지요. 그랬다간 미움을 살 테니까요. 그런 일로 내 옆자리 할머니가 미운털이 박혔어요. 이런저런 일이 마음에 들지 않는다는 말을 몇 번 입 밖으로 꺼낸 뒤부터, 그에 대한 대답으로 간호사들이 앙갚음을 하는 거예요. 할머니가 느낄 수 있도록 말이에요. 그 할머니는 자기 손으로 찻잔을 들고 마실 수가 없어요. 하물며 침대 옆 탁자에서 찻잔을 들어올리는 것은 더 말할 필요가 없고요. 그런데 간호사들이 찻잔을 침대 옆 탁자 위에 놓아두는 거예요. 탁자 위에 마실 것이 있어도, 그 할머니에게는 그림의 떡이지요. 나라도 돕고 싶었지만, 사지가 마비되었기 때문에 어쩔 수가 없어요. 낮에 누가 면회라도 와서 할머니를 도와줄 경우에는, 운수 좋은 날이라고 할 수 있어요."

이웃의 도움

난 행복하다고 할 수 있다. 내가 살 집이나 양로원을 구하러 돌아다닐 필요가 없기 때문이다. 내가 살고 있는 집 주인인 게오르크랑과 릴로 랑, 그리고 이 두 사람의 딸 비르기트가 나를 이모이자 할머니로 삼아 한결같이 보살펴주고 있다. 이들은 참으로 친절하며, 진심으로 남을 돕는 다정다감한 사람들이다. 높고 가는 목소리로 말을 꺼내기도 전에 벌써 일이 해결된다. 난 한 번도 내 소망을 입 밖으로 드러낼 필요를 느껴본 적이 없다. 그들이 내 입술에서 먼저 그것을 읽어내기 때문이다. 글을 쓰느라, 내가 마당에 쳐놓은 빨랫줄에서 빨래 걷는 일을 잊어버리고, 악천후가 다가오는 것을 눈치 채지 못할 때는, 릴로가 내 대신 빨래를 걷어준다. 기한 안에 넘겨야 하는 원고 때문에 내가 시간에 쫓긴다는 것을 알기 때문이다. 온통 체코식 독일어로 쓰인 나의 기고문과 저서들은 모두 비르기트의 교정을 거친다. 그 대가로 돈을 줘도 그녀는 받지 않는다. 그 대신 자기가 좋아서 하는 일이라고 말한다. 기차정거장에 갈 일이 생기면, 우리 집 주인인 게오르크가 즉각 나에게 교통서비스를 제공한다. 기차정거장보다 더 멀리 있는 공항까지 나를 데려다주기도 하는데, 그때마다 나는 어찌나 고마운지 몸 둘 바를 모를 정도다. 그럴 때면 당연히 나는 그에게 특별한 보답을 하려고 애쓴다. 그래서 점심이라도 한 끼 대접하면, 게오르크와 그의 가족, 나 모두가 그렇게 즐거울 수가 없다. 금전적으로 대차대조표의 균형을 맞추려고 신경 쓰는 일 같은 것은 없다. 아무도 그런 계산을 하지 않기 때문이다. 얼마를 주었는데, 그 대가로 얼마를 받았는지

따지는 사람은 아무도 없다. 우리가 그렇게 하는 이유는, 항상 친절하게 호의를 주고받으면서 함께 기쁨을 얻기 때문이다.

얼마 전 게오르크가 나를 기차역에 태워다줄 때 있었던 일이다. 이런저런 이야기를 나누던 끝에 내가 에어컨에 사소한 고장이 나서 애프터서비스 센터에 가야할 것 같다는 말을 꺼냈다. 그러면서 시간에 쫓기고, 고객과의 약속이 꽉 차 있어, 가지 못할 것 같고, 더구나 내 자동차의 안과 겉이 너무나 지저분해서 애프터서비스 센터에 갈 엄두가 나지 않는다고 했다. 나로서는 아무 생각 없이 수다를 떤 것이었는데, 당장 내 말을 진지하게 받아들인 게오르크는 세차를 부탁하는 것으로 느끼는 것 같았다. 제 때 그의 마음에 감정이입을 하기만 했어도, 난 입을 다물었을 것이다.

"게오르크, 제발 내가 당신에게 세차를 부탁하는 뜻에서 그 말을 한 것으로 생각하지 말아요. 제발 세차하지 말아요!"

하지만 너무 늦었다. 게오르크는 내 변명을 듣지 않았다. 돌아와서 보니, 내 자동차가 깨끗하게 번쩍거리며 주차장에 서있었다.

"게오르크, 당신에게 세차를 부탁하는 뜻으로 내 자동차가 지저분하다는 말을 한 것이 아니었어요."

"알아요. 당신이 그런 의미로 말하지 않았다는 것을. 그래서 자동차를 세차한 거예요. 다른 이웃사람이 주판을 튕기는 기미가 있다고 느끼면, 난 대개 부탁을 들어주지 않아요."

감정이입이란 얼마나 쉽게 악용될 수 있는 것인가! 두 사람이 똑같이 감정이입을 하더라도, 그것은 같은 감정이입이 아니다.

제 2 장

감정이입의 그늘

여기서는 성적 학대가 아니라, 정신적인 학대를 다루려고 한다. 후자 또한 전자 못지않게 어린이에게 해롭기 때문이다. 여기에서 언급하는 이야기들에서도 감정이입이 부정적인 목적을 위해 악용될 수 있다는 사실이 확인된다. 안타까운 점은 이런 이야기들이 예외적인 현상이 아니라는 것이다. 앞에서 이미 보았듯이, 옛날부터 유혹자와 모사꾼들은, 뜻대로 부려먹고, 영향력을 행사하고, 음흉한 목적을 위해서 조종하고 싶은 사람의 깊은 감정을 알아낸 다음에, 이를 수단으로 악용해왔다. 오늘날에 와서 감정이입의 어두운 측면이 과거보다 더 빈번하게 악용된다고 감히 주장할 수는 없다. 하지만 날이 갈수록 가족 간에 사랑의 유대관계가 마구 파괴되는 현상을 감안할 때, 이러한 주장을 완전히 무시할 수만은 없다.

"**밀물과** 썰물이 바닷물의 들고 남을 조절하듯, 우리 내면에서는 감정이입이 고도의 위력을 발휘한다. ……감정이입은 본질적으로 역설적인 것이다. 이 선천적인 능력이 진심으로 남을 돕고자 하는 목적에도 사용될 수 있지만, 남의 마음에 상처를 주려는 의도로 악용될 수도 있기 때문이다. 대양의 조류처럼, 감정이입은 어느 순간에는 마음을 가라앉혀 주기도 하지만, 또 어느 순간에는 마음을 송두리째 뒤집어놓는 작용을 하기도 한다."

아서 치아라미콜리가 감정이입을 다룬 책에서 한 말이다. 그의 주장은, 파괴적인 감정이입에 대한 코후트의 분석을 근거로 삼고 있다. 코후트는 감정이입이 경솔한 점원들에게 악용될 수 있으며, 나치의 사디즘의 토대가 되었다고 분석한 바 있다.

먼저 점원들의 경우를 살펴보자. 점원들 모두가 한결같이 속이려는 마음에서 고객의 비위를 맞추지는 않는다. 대부분의 점원들은 손님을 정직하게 대한다. 나와 내기를 걸어도 좋다. 점원들은 이와 같이 정직하게 행동하면서, 손님으로 하여금 물건을 사게 하는 방법을 교육받기도 한다. 더 나아가 세상에는, 특히 오리엔트 지방에는, 장난기가 가득한 감정이입을 구사하면서, 고객이 물건을 사지 않으면서도 그런 장난에 응하여 흥정이 시작되면, 무척 즐거워하는 점원들이 있다.

"와. 첫 눈에 당신이 세계시민이라는 것을 알겠어요. 정말 모르는 게 없군요. 이렇게 훌륭한 양탄자의 가치를 제대로 알아보다니요. 내 그럴 줄 알았어요."

"맞아요. 난 모르는 게 없어요. 수중에 지닌 돈이 많지 않아서 문제지만. 하지만 내가 보니 당신은 대단한 장사꾼이에요. 물건값도 잘 깎아줄 것 같고요. 어때요, 10%만 감해주면 안 될까요?"

"마음이야 그렇게 해드리고 싶은데, 10%는 너무 많아요. 8%면 어떨까요. 그건 이해해주셔야 해요. 그 놈의 세금 때문에 우리 같은 구멍가게 주인들은 먹고살기가 너무 힘들거든요."

그렇게 재미있을 수가 없다. 이때는 상대방의 얼굴표정을 계속 읽어야 한다. 본래 흥정을 벌일 때는 말은 표정 연기에 대한 반주에 지나지 않는다. 언젠가 나는 말없이 몸짓언어로만 흥정을 벌인 적도 있다. 벙어리 행세를 한 것이다. 페르시아의 기념품 상인과 몸짓언어로 흥정을 하는 데 꼬박 15분이 걸렸다. 결국 싼 것으로 하나만 샀다. 그 가게에서 가장 싼 물건이었다. 그렇다고 해서 상인은 기분 나빠 하지 않았다. 오히려 마침내 물건을 팔았다며 얼굴 표정이 환해졌다. 그때 가장 놀라웠던 점은 그가 능숙한 감정이입 능력을 가지고 즉시 나의 몸짓언어에 맞춰주면서, 말을 거의 한 마디도 하지 않았다는 사실이었다.

물론 점원들 중에는 교활한 사람들도 있다. 얼마 전에 한 옷가게에서 다음과 같은 장면이 벌어졌다. 내 눈으로 직접 목격한 일이다. 한 통통한 여자가 거울 앞에서 정면으로 섰다 옆으로 섰다 하면서, 옷이 몸에 어울리는지 살피고 있었다. 정기적으로 가게 앞으로 지나다녔기 때문에 나는 그 옷을 알고 있었다. 그 가게에서 그 옷을 본 지 벌써 2년이나 되었다. 때로는 진열장에 진열되기도 하고, 출입문에 걸려있기도 했던 옷이었다. 지금쯤이면 또 한 번 더 할인된 특별가격으로 살 수 있는 옷이었다. 정면에서 보면 옷이 그 여자에게 잘 어울리는데, 뒤에서 보면 영 아니었다.

"사모님, 정말 근사하네요. 파란색이 어쩌면 그렇게 사모님 눈하고 잘 어울릴까요. 사모님에게 정말 어울리는 디자인이에요. 날씬해 보이거든요."

여자 점원은 천연덕스럽게 거짓말을 주어 넘겼다. 양심상 가만히 있을 수가 없어서 나는 그 여자에게 신중하게 뒷모습도 살펴보라고 권했다. 하지만 내 말은 먹히지가 않았다. 여주인이 나보다 큰 목소리로 쉴 새 없이 지껄여댔기 때문이다. 그 통통한 여자는 내 말을 듣고 싶어 하지 않았다. 옷맵시가 정말 좋다는 소리에 완전히 얼이 빠져있었다.

우리 모두 이런 부류의 사람들을 알고 있다. 능수능란하게 어떤 점을 강조하여 다른 사람의 마음을 움직이게 하는 사람들 말이다. 사이비 종파의 우두머리, 진공청소기나 세제 방문판매원 같은 사람들이 그렇다. 사이비 종파의 두목들은 영원히 저주받을 것이라는 공포감을 조장하여 사람들을 자기 종파로 끌어들인다. 진공청소기나 세제 방문판매원들은, 계단 청소상태가 엉망이라고 핀잔을 주어 가정주부들에게 양심의 가책을 느끼게 한다. 그런 다음에는 실제로 계단 한 쪽을 닦는 시범을 보여주고, 세상에 둘도 없는 이런 세제만 있으면 훌륭한 가정주부가 될 수 있다고 떠벌인다.

체코의 모라비아 지방에서 어린 시절을 보낼 때 내 눈으로 보았던 장면 하나가 머리에 떠오른다. 한 집시 여자가 집집마다 돌아다니며 구걸을 다녔다. 한 무리 아이들이 그녀를 에워싸고 함께 다녔다. 그 아이들의 울음소리에 나는 가슴이 에이는 것만 같았다. 그들 일행이 우리 대문 앞에 모습을 드러냈다. 그러자 집시 여인의 팔에 안겨있던 막내아이가 후다닥 우리 어머니를 향해 손을 내밀었다.

"제 아이들이 굶고 있어요, 마님! 마님도 어머니이고, 아이들을 좋아하시잖아요. 부탁이에요. 자비를 베풀어주세요. 제발, 빵 살 돈 몇 푼만 적선해주세요."

집시 여자는 우리 어머니에게 애걸했다. 마음씨 좋은 우리 어머니는 항상 자비를 베풀었다. 우리 집 대문의 초인종을 누르기 전에, 집시 여자가 자기 아이들을 때리는 모습을 우연히 목격하게 될 때까지는 그랬다. 어머니가 세게 때리면 때릴수록 아이들은 더 큰 소리로 울어댔고, 그럴수록 우리 어머니의 마음은 자꾸만 약해졌다. 맨 마지막 주먹은 막내 차지였다. 당연히 아이는 대문 앞에 나타난 구원자에게 몸을 피하려고 발버둥을 쳤다. 집시 여자는 적선을 호소하면서, 약자들에 대한 사람들의 감수성을 감지하는,

특별하게 훈련된 섬세한 감각을 가지고 있었다. 물론 그녀는 자기 아이들의 마음에 감정이입도 할 줄 알았다. 방법이야 어쨌든 구걸은 그 여자가 아이들에게 선행을 베푸는 수단이기도 했다. 아이들은 엄마가 변함없이 자기들 곁에 있을 것이라는 점을 믿어 의심치 않았다. 아이들은 엄마 옆에서 안도감을 느꼈다. 어머니 손에서 벗어나려고 아무리 발버둥쳐도, 막내가 자기 어머니가 적선을 구걸하고 있는 낯선 여자의 팔로 도망가기란 불가능한 일이었다. 아무리 매몰차게 굴어도, 집시 여자는 아이들에게 사랑을 받았으며, 그들 무리는 이상하리만치 단결이 잘 되어있었다. 이런 행동에 대해 도덕적인 판단을 내릴 권리는 내게 없다. 심리학자들은 피해자가 자신을 가해자와 동일시한다는 이론에 대해 생각할지도 모른다. 나는 모든 인종집단에는 사랑의 기준을 규정하는 고유한 양심이 있다고 확신한다. 나로서는 거기까지밖에 할 말이 없다.

소승적 차원에서 통하는 일은 대승적 차원에서도 통한다. 민족 간에 벌어지는 전쟁을 보면 한결같이 감정이 밑바닥에 깔려있다. 전쟁을 사주하는 자들은 사람들을 전쟁으로 몰아넣기 위해서 그들의 감정 상태에 대해 감정이입을 한 다음, 그걸 바탕으로 전쟁 프로파간다를 조작한다. 제2차 세계대전 때는 공산주의의 위협에 대한 공포와 실업의 해소에 대한 희망을 표어로 내걸었다. 종교 전쟁에서는 성스런 교리의 가르침에 따르자는 선동이 먹혀든다.

감정이입이 어느 만큼이나 정반대의 어두운 결과를 낳는가는 감정이입을 하는 사람의 의도에 따라 달라진다. 감정이입의 어두운 면은 그것이 정교하고 간교하고 조작적이고 불순한 방법으로 희생자의 마음에 순수한 감정을 불러일으키고, 그걸 통해서 자신의 이익을 도모한다는 점에 그 특징이 있다. 거리의 상인에서 시작하여, 종파의 우두머리, 돌팔이 의사, 정치가, 비밀요원, 중매쟁이를 거쳐 복수를 노리는 사람에 이르기까지 하나같이 이러한 속셈을 품고 있다. 수상쩍은 세제의 판매에서부터 영혼의 살해와 살인에 이르는 모든 행동의 배후에는 하나같이 음흉한 의도가 숨어 있다. 간교한 수단의 종류도 그에 못지않게 다양하다. 살로메는 의붓아버지 헤롯왕이 자기에게 품어서는 안 될 욕정을 품고 있다는 것을 감지하고, 이를 미끼로 삼아 처형당한 세례 요한의 머리를 얻는다. 셰익스피어는 이아고가 어떤 음모를 꾸며 상관인 오셀로를 철저한 몰락의 길로 유도하는지 묘사한다. 그는 충성을 빙자하여 오셀로에게 데스데모나의 부정에 대한 날조된 정보를 제공한다. 그는 오셀로가 데스데모나를 무한히 사랑하고 있으며, 일단 어떤 생각을 품으면 타협할 줄을 모르는, 열정적이고 저돌적인 추진력의 소유자라는 사실을 계산에 넣고 있었다. 결국 타오르는 질투를 이기지 못하고 절망하던 오셀로는 그 저돌적인 추진력에 이끌려 살인의 나락으로 추락하고 만다. 간교한 자의 복수는 그렇게 성공을 거둔다.

잘 알려져 있다시피 독재체제의 비밀경찰도 감정이입의 그늘을 파고들어 자백을 강요한다. 그들은 심문당하는 사람이 수감된 옆방에서, 그가 사랑하는 아내를 고문한다. 아내를 사랑하고 보살피는 마음 때문에, 그는 세상 누구보다도 사랑하는 아내보다는 차라리 지하조직의 동지를 배반하기로 한다. 이미 먼 과거가 된 나치 시대까지 거슬러 올라갈 필요도 없다. 내게는 공산당의 지배에 대한 기억이 더 생생하며, 더 쓰라리게 느껴진다. 그들은 민주주의를 위해 싸운 영웅적인 투사였던 정치범들에게, 동독의 국가안전부나 체코슬로바키아의 국가안전부—동유럽 사회주의 블록 국가들의 비밀경찰의 이름이 무엇이든—와 같은 비밀경찰에 협력할 것을 강요하여, 끝내는 이들을 나락으로 떨어뜨린다. 이런저런 차이는 있겠지만, 그들의 궁극적인 목적은 주위 사람들의 고통에 대한 동정심을 미끼로 내세워 체포된 영웅의 무릎을 꿇리는 데 있다.

"아이들에겐 네가 필요해. 여기 봐. 아이들이 편지에 뭐라고 썼는지. '아빠, 제발 얼른 돌아오세요.' 여기 네 아내가 쓴 것도 읽어봐. '당신 없이는 견딜 수가 없어요. 당신도 잘 알잖아요. 얼른 돌아올 수 있는 일이라면 무슨 일이든 하세요.'"

먼저 사악하고 악질적인 수사관에게 심문을 맡기는 것은 전략의 일환이다. 수감자가 피투성이가 되도록 구타를 당하고, 떨리는 몸으로 갈증을 느끼며 독방에 누워있을 때, 보기 드물게 친절하고 이해심이 있어 보이는 수사관이 들어온다. 수감자는 그의 겉모습을 보고, 그가 감정이입을 할 줄 아는 사람이라는 인상을 받는다. 그는 수감에게 동정을 보이며, 자기 동료가 그 지경이 되도록 그를 잔인하게 다룬 것에 대해 유감의 뜻을 나타낸다. 그리하여 말하자면 '감정이입이라는 미끼'를 이용하여, 비밀경찰의 의도대로 어렵지 않게 희생자를 낚아채는 데 성공한다.

내가 나치가 휘두른 권력보다 공산주의의 권력 행사를 더 두려워하는 데는 분명한 까닭이 있다. 히틀러 시대에는 아직 아이였지만, 스탈린 체제 때에는 성장하여 사람들이 고통을 겪는 모습을 내 눈으로 볼 수 있었기 때문이다. 내 동료들에 대한 몇 가지 기억이 있다. 야로슬라브는 결혼식 한 시간 전에 체포되었다. 결혼 예복을 입고, 단추 구멍에는 은매화를 꽂은 모습으로.

"네겐 두 가지 선택밖에 없어. 세 번째 선택은 없어."

비밀경찰 요원이 그에게 상황을 상기시킨다.

"서명을 하든지, 죽을 때까지 감옥에서 살든지 둘 중 하나야. 우리는 네게 불리한 증거를 충분히 갖고 있어. 그 중에 가장 무거운 죄목은 유인물 배포 행위야."

비밀경찰 요원이 두툼한 서류철을 넘기며 말한다.

"네 아이를 임신하고 있는 아내를 생각해봐. 널 기다리고 있는 부모도 생각하고……"

어쨌든 야로슬라브는 가족을 생각하지 않을 수 없다. 아내는 지금 부른 배를 감춰주는 새하얀 드레스 차림으로 그를 기다리고 있을 것이다. 이 순간 그의 눈으로 처음 쳐다보게 될 드레스 차림으로 말이다. 어쩌면 지금 아내는 벌써부터 초조해할지도 모른다.

야로슬라브는 손목시계를 쳐다본다. 지금쯤 그의 아버지는 하객들에게 매실주를 따라주고 있을 것이다. 그의 아버지는 여전히 천하태평일 것이다. 하지만 그의 어머니는 진작부터 초조하게 기다리고 있을 것이다. 얼마나 오랫동안 손꼽아 기다려온 아들의 결혼인가? 그래도 그녀는 태연자약하게 결혼식 케이크를 접시 위에 쌓아올릴 것이다. 하지만 아들이 나타나지 않으면, 그녀의 마음은 고통으로 찢어질 것이며, 공포에 사로잡힐 것이다. 어쩌면 그의 주위 사람들은 도대체 그가 어디에 처박혀 있는지 오랫동안 모르고 지낼지도 모른다. 그가 감옥에 갇혀 있다는 사실을 눈치 채지 못할지도 모른다. 아내는 그가 살해당했다고 생각할 것이다. 그가 아이를 임신하고 있는 자기 곁을 떠났다고 생각할 것이다. 비밀경찰에 협조하도록 만들기 위해, 야로슬라브에게 매질을 할 것까지는 없다. 정신적으로 더 없이 감동적인 날에, 가족 생각에 마음이 괴로운 야로슬라브에게는, 정신적인 고문이 육체적인 고문보다 더 타격을 준다. 그는 서둘러 서류에 서명을 한다. 서명을 쳐다보기도 싫다는 듯 손길을 바삐 움직인다. 결혼식은 단 1분도 지연되지 않았다. 야로슬라브의 명예는 땅바닥으로 굴러 떨어졌다. 자존심도 사라졌다. 그는 평생을 인격의 불구자로 살 것이다. 결국은 세뇌를 당한 셈이기 때문이다. 증오하는 주인의 굴레에 갇힌 노예가 되었기 때문이다. 영혼이 살해를 당했기 때문이다. 몇 년 뒤, 야로슬라브는 나에게 자기 자신에 대한 책임만 지면 될 상황이었다면, 결코 서명을 하지 않았을 것이라고 이야기했다. 그는 체포될 위험을 무릅쓰고 유인물을 뿌렸고, 감옥에 갈 각오도 하고 있었다. 그가 마지못해 비밀경찰의 요구에 서명을 한 것은, 자기를 위해서가 아니라, 신부와 부모님의 사정 때문이었다. 비밀경찰이 사랑하는 사람들을 배려하려는 그의 마음을 파렴치한 방법으로 악용했던 것이다. 그는 목숨이 다하는 날까지 줄곧 그런 자기 자신을 증오했다.

감정이입이 옛날부터 다양한 정치적인 상황 속에서 어떻게 악용되었는가를 연구하는 것은 나의 과제가 아니다. 감정이입의 다양한 특성과 그 작용방식에 대해 기억을 불러일으키려면 몇 가지 예를 드는 것만으로 충분하다. 나로서는 그보다는 오히려 악용된 감정이입이 가족생활에 어떤 영향을 끼치는가에 대해서 지적하고 싶다. 나는 감정이입의 영향력이 점점 더 커질 것이라고 믿는다. 가족 규모가 작을수록, 외동아이나 두 아이 중 한 아이가 희생자의 길로 추락할 가능성은 더 커진다. 기본적인 방법은 항상 같다. 파렴치하게 희생자의 감정이입에 호소하여 자신의 이익을 도모하는 것이다.

1. 자신의 목적을 위해 어린이를 악용하는 부모

여기서는 성적 학대가 아니라, 정신적인 학대를 다루려고 한다. 후자 또한 전자 못지않게 어린이에게 해롭기 때문이다. 여기에서 언급하는 이야기들에서도 감정이입이 부정적인 목적을 위해 악용될 수 있다는 사실이 확인된다. 안타까운 점은 이런 이야기들이 예외적인 현상이 아니라는 것이다. 앞에서 이미 보았듯이, 옛날부터 유혹자와 모사꾼들은, 뜻대로 부려먹고, 영향력을 행사하고, 음흉한 목적을 위해서 조종하고 싶은 사람의 깊은 감정을 알아낸 다음에, 이를 수단으로 악용해왔다. 오늘날에 와서 감정이입의 어두운 측면이 과거보다 더 빈번하게 악용된다고 감히 주장할 수는 없다. 하지만 날이 갈수록 가족 간에 사랑의 유대관계가 마구 파괴되는 현상을 감안할 때, 이러한 주장을 완전히 무시할 수만은 없다.

갓 스무 살이 되던 나이에 마르티나는 날 찾아왔다. 그녀는 우울증에 시달리면서 담배와 과자, 감자 칩을 위안거리로 삼아 살고 있었다. 그런 동안에 마르티나는 심한 폭식증으로 몸이 비만해졌다. 자기 자신에 대한 사랑, 자신감은 눈을 씻고 보아도 찾아볼 수 없었다. 그래도 자살 위험은 없었다. 아직 그 정도는 아니었다. 부모가 살아있는 한, 자기 손으로 목숨을 거두지는 않을 거라고 했다. 마르티나는 부모에게 그런 고통을 안겨줄 수는 없다고 했다. 어머니 아버지 모두 그녀에게 매달렸다. 가족 중에는 남동생도 하나 있었다. 그런데 그는 제 멋대로 사는 아이였다. 늘 자기만 생각하는 이기적인 응석받이였다. 마르티나는 의학공부를 하기 위해서 집을 떠나, 200킬로미터 떨어진 대학도시로 갔다. 그런데 부모에게 마르티나의 부재는 견디기 힘들 정도로 커다란 고통이었다. 술독에 빠져 살다시피 하는 어머니는 자살하겠다는 말을 노상 입에 달고 살았다. 아버지도 자기 건축사무소에 처박혀 지내거나, 카지노로 발길을 옮기는 일이 부쩍 잦아졌다. 또 집에 오더라도, 인터넷에 빠져들었다.

마르티나는 부모에 대해서 책임감을 느끼고 있었다. 그건 단박에 알 수 있는 일이었다. 공부하느라 부모에게 쏟을 시간이 부족했기 때문에, 그녀는 그들에게 커다란 연민을 품고 있었다. 그녀로서는 슬퍼하는 것 외에 다른 방도가 없었다. 심지어는 죄책감까지 느끼기도 했다. 부모를 보살펴주지 못한다고 해서 죄책감을 느끼는 사람에게, 수련의 과정과 박사학위에 대해 생각할 겨를이 어디 있겠는가? 내 추측을 확인하기 위해서 그녀에게 몇 가지 질문을 던졌다.

"모든 가능성이 다 열려 있다고 가정할 때, 당신은 이 지구상의 어디에 가면 행복감을 느낄 수 있을 것 같아요?"

"어디서도 느끼지 못할 거예요."

"당신에게 삶의 권리가 있다는 사실을, 어디에서 가장 먼저 느끼게 되나요?"

그녀는 잠깐 깊이 생각하더니, 단호한 어조로 대답했다.

"부모님이 계시는 집에 있을 때요."

바로 그랬다. 탁월한 학업성적에 용기를 얻어 대학에 진학하였을 때, 그녀는 자신의 인생을 살아야 할 권리를 잃어버렸던 것이다. 부모를 위해 살아야 한다는 책임감이 없었다면, 그녀는 목숨을 거두었을지도 모른다. 더도 덜도 없는 도우미 증상이다. 학업을 위해 부모를 돕는 일을 포기하지 않을 수 없었기 때문에, 그녀에게서 금단현상이 나타난 것이다. 그리고 이 금단현상을 견딜 수가 없었기 때문에, 다른 것에 기대어 그 통증을 완화하는 수밖에 없었던 것이다. 그녀에겐 위안거리가 필요했다. 하지만 킬로그램 단위로 입안에 털어 넣는 과자와 감자 칩으로는 고통을 완전히 진정시킬 수가 없었다. 몸무게가 늘어갈수록, 자신을 사랑하는 마음은 줄어들었다. 거울에 비친 자기 모습을 보면, 견딜 수가 없었다. 청바지의 단추를 채우지 못할 정도가 되었을 때, 그녀는 솟아오른 아랫배를 증오했다. 동료들이 자기를 가리키며 뚱보라고 할 때는, 고개를 돌렸다. 이에 대한 논리적인 대응 방법은 거식증이었다. 이제 그녀는 음식들이 지방으로 축적되기 전에 토해버렸다. 담배가 마르티나에게는 가장 큰 위안이었다. 담배를 피운다고 뚱뚱해지는 것도 아니었고, 토하기 위해 식도를 자극할 일도 없었다. 주위 사람들은 줄담배를 피우는 그녀를 점점 더 멀리했다. 더구나 그녀는 기관지가 점점 더 나빠지는 것을 느낄 수 있었다. 마르티나는 이러한 대리만족을 통해서, 점점 더 악순환에 빠져들었다. 음식을 더 많이 먹고 담배를 더 많이 피울수록, 사람들이 자기를 더 멀리한다는 느낌이 들었다. 사람들이 점점 더 자기를 거절한다고 느낄수록, 음식을 더 많이 먹고, 담배도 더 많이 피게 되었다. 가장 심각한 것은, 입으로 아무리 많은 대리만족을 얻어도, 열심히 공부하여 아무리 좋은 성적을 받아도, 가슴 깊이 자리 잡은 고통을 진정시킬 수가 없다는 사실이었다. 엄청난 죄책감과 무거운 슬픔이 한데 어울려 점점 더 그녀를 압박해 들어왔다.

마르티나가가 살아온 이야기를 자세히 들여다보면, 여러 가지 사건들이 서로 얽혀있는 것이 드러난다. 지금까지 가족끼리 그런 이야기를 해본 적은 한 번도 없었다. 그러나 그 사건들은 은폐된 가운데 어렴풋이 죄책감으로 작용하고, 또 고통을 주고 있었다. 마르티나의 부모는 처음부터 불행하게 맺어진 사람들이었다. 그들이 결혼을 하게 된 것은 어머니가 마르티나를 임신했기 때문이었다. 분명히 이 한 가지 사실만으로도 소녀에게 부모에 대한 책임감이라는 짐을 지우기에 충분했을 것이다. 마르티나 때문에 아버지는 자신을 희생하고 특별히 사랑하지도 않는 여자와 결합했다.

"네 어머니가 술 좋아하는 것을 그때 바로 알았어야 했는데. 네 어머니가 너를 임신했기 때문에, 나로서는 자유롭게 결정을 내릴 수가 없었어. 마르티나, 이제는 너와 내가 서로 힘을 합쳐야 해."

마르티나는 늘 아버지에게 이런 말을 들으면서 살았다. 어머니도 그녀에게 비슷한 말을 했다. 마르티나가 처음 생리를 했을 때, 어머니는 그녀에게 남녀관계와 피임에 대해서 교육했다. 그때 처음으로 마르티나는 어머니의 윤리적 결정 덕분에 자기가 생명을 누리게 되었다는 말을 들었다.

"네 아버지가 나를 임신시켰을 때, 주위의 친구들은 모두 나에게 낙태를 하라고 하더라. 하지만 근본적으로 나는, 태어나지 않은 아이의 목숨을 빼앗아서는 안 된다는 생각이었어. 그 생각이 흔들리는 일도 없었고. 그리고 그 대가로 결혼을 하여, 평생에 걸쳐 감옥살이를 해도 좋다고 각오했어. 널 유산시켰더라면, 결혼 생활에서 겪었던 많은 고통을 피할 수 있었을지도 몰라."

어머니는 아직 사춘기에 들어서지도 않은 딸에게 이런 이야기를 해주었다. 마르티나가 부모가 치른 희생에 보답해야 한다는 책임감을 느끼게 되었을 것은 당연한 일이다. 그녀는 자기에게 생명을 누리게 해준 엄마와 아빠의 은혜에 보답하고 싶었다. 하지만 어머니와 아버지가 화목하게 살 수 있도록 노력하는 것 말고, 아이가 달리 무슨 보답을 생각할 수 있겠는가? 그래서 마르티니는

부모를 돕고, 돕고, 또 도왔고, 부모가 살아있는 한 이를 멈출 수
가 없었다.

　아이의 마음에 감정이입을 하는 부모의 힘은 어디서 나왔을까?
평소에 그토록 이지적이었던 아버지는 자기 행동이 딸에게 어떤
영향을 미칠지에 대해서만큼은 아무 생각도 하지 못했다. 적어도
아버지라면, 자기가 예민하고 착한 딸에게 얼마나 큰 부담을 지웠
는지 깨달았어야 했다. 다시 말하면 자기가 아이에게 지나치게 무
거운 보답의 의무감을 느끼게 했으며, 감당하기 어려운 짐을 안겨
주었다는 것을 눈치 챘어야 옳았다. 아이는 그 의무감 때문에 자
기가 받은 것보다 더 많은 것을 부모에게 돌려주었기 때문이다.
아버지는 딸에게 자기 아내에 대한 불평을 늘어놓았다. 그런데 아
버지는 그것이 딸을 동반자 같은 친구나 상담자로 삼는 행동이라
는 것을 한 번도 생각하지 못했을까? 그 때문에 자기 딸이 더 이
상 어린아이로 살지 못하게 되었다는 것을? 그는 누구 좋으라고
딸에게 속마음을 털어놓았을까? 분명히 아이를 위해서 그런 것
은 아니었다. 마르티나만 두고 말한다면, 그녀는 오히려 중요한
것을 잃은 장본인이었다. 다시 말하면 어머니에 대한 신뢰와 존경
심을 크게 잃게 된 희생자였다. 그런 점에서 볼 때, 아버지는 자신
의 이익만을 추구했다고 할 수 있다. 그는 동정을 받고 싶었고, 자
신이 희생자라는 것을 딸이 인정해주기를 바랐던 것이다.

　그렇다면 어머니에게는 무엇이 남았을까? 과거를 밝힌 결과로
그녀가 딸에게 줄 수 있었던 것은, 원하지 않는 아이라도 유산을

해서는 안 된다는 가르침뿐이었다. 하지만 그녀는 딸의 마음에 쓰디쓴 상처를 안겨주었다. 마르티나가 원치 않은 아이였다는 사실을 시시콜콜 다 말해버렸기 때문이다. 그렇다면 여기서도 손해를 본 쪽은 분명히 마르티나였다. 무엇보다도 근심 걱정 없던 마음의 평화가 깨진 것이 가장 문제였다. 처음에는 원치 않던 생명이었지만, 이제는 자기 힘으로 생명을 얻어야 할 차례라는 것이 분명해졌다. 그녀는 자기가 잉태됨으로써 어머니가 겪어야 했던 희생에 대해 보답해야 한다는 의무감을 느꼈다. 자기 때문에 고통을 겪고 있는 어머니를 보살펴야 한다고 생각했다. 누구 좋으라고 어머니는 딸에게 그런 이야기를 했을까? 자기 자신을 위해서 한 것이다. 그녀에게 중요했던 것은 자기가 도덕적으로 깨끗한 사람이라는 사실을 입증하는 일이었다. 그녀도 자신의 이익을 우선시했던 것이다. 그녀에게 딸은 안중에도 없었다.

그런 점에서 지금까지 설명한 마르티나의 부모의 행동은, 전형적으로 감정이입이 결핍된 행동으로 분류할 수 있다. 결과적으로 부모의 행동은 몰염치한 것으로 판명되었고, 딸에게는 정신적인 상처만 안겨주었다. 거기에 그치지 않는다. 그녀의 부모는 교활한 방법으로 훨씬 더 나쁜 짓을 저질렀다. 자신의 목적을 위해 마르티나를 조종할 목적으로, 감정이입의 어두운 측면을 이용했던 것이다.

사실 부모가 마르티나의 마음에 감정이입을 할 수 없었다는 것은 틀린 말이다. 어머니나 아버지 모두 딸의 정신적인 상황을 훤히 꿰뚫어볼 수 있었다. 다만 남편은 아내에게, 아내는 남편에게 그 사실을 감추려고 했을 뿐이다. 어처구니없는 일이 아닐 수 없다. 에누리 없이 말하자면, 그것도 마르티나를 거의 미치게 만든 원인 가운데 하나였다. 어머니와 아버지 모두 자기들이 딸에게 얼마나 깊은 사랑을 받고 있는지 알고 있었다. 그들은 선량하고 헌신적인 마르티나의 마음을 미끼로 이용했다. 그들은 딸이 부모가 이혼할까봐, 또 어머니가 입버릇처럼 하는 말처럼 자살할까 싶어 노심초사한다는 사실도 알고 있었다. 그들은 마르티나가 부모가 요구한 과제를 대단히 효과적이고 믿음직스럽게 수행한다는 사실을, 또 부모를 사랑하고 배려하는 마음에서, 절대로 대드는 법 없이 늘 부모를 도와주려는 마음가짐을 하고 있다는 사실을 익히 잘 알고 있었다. 어머니나 아버지 모두 딸의 감정을 알고 있으면서, 그것을 자신에게 유리한 쪽으로 이용했던 것이다.

아버지는 이혼은 전혀 염두에 두고 있지 않았다. 온갖 어려움 앞에서도 아내에 대한 작은 사랑의 불꽃은 여전히 꺼지지 않고 타오르고 있었다. 다른 측면에서 볼 때, 그는 종교적인 이유에서도 이혼을 결코 용납하지 않았을 것이다. 어려울 때가 거의 대부분이었지만, 그는 좋을 때나 어려울 때나 항상 아내와 함께 하겠다는 약속을 지켰다. 그는 자기가 메마른 사막에서 무거운 짐을 지고 있는 낙타와 같다는 생각이 들었다. 그는 직업을 통해 성취감을 느꼈다. 그리고 카드 시합을 하면서 스릴과 모험을 즐겼다. 잃을 때도 있었지만, 딸 때도 있었기 때문에, 어느 정도 본전은 챙긴 셈이었다. 그래서 부담감 없이 포커를 즐길 수 있었다. 진정으로 그의 마음을 무겁게 하는 것은, 아내가 정말 자살할지도 모른다는 생각이었다. 그런 생각을 하면 무거운 양심을 가책을 느꼈다. 그러면서도 아내와 결혼생활에 도움을 주기 위한 일은 하나도 하지 않았다. 나쁜 의도가 있었거나, 무관심 때문이 아니라, 그로서는 할 수가 없었기 때문이었다. 사실 그로서는 자기 힘으로 할 수 있는 일은 한 셈이라고 말할 수 있었다. 그는 심리요법 전문가들을 대단하게 여기지 않았다. 자기가 무기력하다고 느낄 때는, 자기 자신과 아내에게 화가 났다. 가끔 자제력을 잃고, 아내에게 소리를 지르고, 그녀를 더욱 더 궁지로 몰아넣고 난 다음에는 심한 자책감을 느꼈다. 그는 날이 갈수록 마찰을 피해 자기만의 세계 속으로 파고들었다. 시간이 갈수록, 또 문제가 점점 더 심각해질수록, 마르티나가 적극적인 도우미 역할을 떠맡게 되었다. 하지만 각본은 그의 손에 들려있었다. 아내는 그가 배후조종자라는 사실을 몰랐다.

"마르티나, 오늘 엄마 좀 잘 살펴다오. 네 엄마 눈꺼풀이 벌써 다시 부어올랐더라. 분명히 우울증이 다시 도질 거야. 위스키를 찾지 않게, 네가 엄마 기분을 즐겁게 해줘라. 넌 잘 할 수 있을 거야. 난 못해. 너도 날 잘 알잖아. 내가 얼마나 네 엄마에게 화를 내며 성질을 부리는지. 한 번 그러고 나면 모든 게 더 엉망진창이 되잖아. 너처럼 네 엄마를 다정하게 대할 수 있는 사람은 아무도 없어. 그러니 엄마에게 좀 가 보거라."

이런 부탁을 마르티나는 성스런 의무로 받아들였다. 그녀는 일
기장에 이렇게 썼다.

"엄마를 구하는 것은 오로지 내 손에 달린 일이다. 하지만 어떻
게 해야 조금이라도 엄마 기분을 풀어줄 수 있을지 도무지 생각이
나지 않는다. 엄마가 얼마나 아빠를 두려워하는지 들어서 알고 있
다. 오늘도 엄마는 내게 그런 소리를 했다. 나 때문에 아빠와 함께
사는 거라고. 그 말을 들으면 내 마음이 갈기갈기 찢어진다. 내가
태어나지 않았더라면 더 좋지 않았을까? 그랬으면 엄마는 자유
로웠을 것이다. 오늘 그렇게 물었더니, 엄마는 눈물을 터뜨리며
나를 껴안더니, 나를 매우 사랑하며, 사실은 나 때문에 살고 있다
고 하면서, 자기 말을 믿어달라고 했다. 그렇기 때문에 난 절대 엄
마 곁을 떠날 수 없다. 엄마의 목숨은 내게 달려 있다. 아빠는 엄
마의 생명을 구할 수 있는 사람은 나밖에 없다고 한다. 맞는 말이
다. 하지만 어떻게 해야 좋을지 모르겠다. 기적이라도 일어나면
좋겠다. 난 기적이 일어나게 해달라고 기도한다. 하느님, 제발 저
를 도와주세요! 하지만 하느님은 날 외면한다. 기분을 풀어주려
고, 뭘 해주면 좋겠냐고 물었더니, 엄마는 가게에 가서 싼 위스키
를 사오라고 했다. 엄마한테는 위스키가 약이다. 술을 마시고 나
면 마음이 가벼워진다고 한다. 이 사실을 아빠가 알면 안 된다. 알
게 되면 아빠는 엄마에게 화를 낼 것이다. 나는 감쪽같이 술을 사
와야만 했다. 결국 아빠와 한 약속을 저버린 셈이다. 아무 것도 할
수 없는 내가 밉다!"

　부모를 사랑하고 도와주려는 갸륵한 마음씨 덕분에 마르티나
까지 보조 알코올중독자가 되어버린 것이다.

　어머니도 아버지의 그것에 못지않은 부담을 마르티나에게 지
웠다. 그녀는 남편에게 아무런 영향도 끼칠 수 없었다. 처음 사랑
할 때, 그가 그녀에게 느꼈던 매력은, 원치 않은 첫 아이를 임신하
면서 벌써 사라져 버렸다. 그녀는 사무직원으로 반나절만 일을 했
기 때문에, 경제적으로 남편에게 기댈 수밖에 없었다. 주 수입원
은 남편이었다. 그런데 이 주 수입원이, 남편이 도박을 즐기게 되
면서 위험에 처하게 되었다. 포커를 하지 말라고 부탁할 때마다,
남편은 그녀에게 과민한 반응을 보였다. 그녀를 향해 사납게 소리
를 질렀다. 한번은 카지노에 가지 말고 집에 있으라고 애원하자,
그녀를 사납게 밀쳐낸 적도 했다. 그녀를 도와줄 사람은 아무도
없었다. 친정 부모는 떨어져 살았다. 그녀에게는 좋은 친구도 없
었다. 그녀가 누구에게 의지할 수 있었겠는가? 당연히 딸 마르티
나 밖에 없었다. 변함없이 그녀에게 관심을 보여주는 사람은 마르
티나뿐이었다. 그녀는 늘 엄마를 도울 마음의 준비가 되어 있었
다. 그녀에게 혼란 속에서 신뢰할 수 있는 버팀목이 되어준 것은
딸이었다. 폭풍우가 휘몰아치는 대양에서 어둠을 밝혀주는 등대
처럼 말이다.

　"마르티나, 네 아빠가 저 놈의 포커 때문에 돈을 털리면, 우리가
가진 돈이 모두 바닥나는 것은 아닌지, 걱정이 태산 같구나. 포커
를 말리면, 네 아버지가 내게 얼마나 화를 내는지 너도 않잖아. 그

러니 네가 말해보렴. 너라면 아빠에게 잘 말할 수 있을 거야. 네 아빠는 네 부탁이라면 뿌리치지 못하니까. 제발 아빠에게 가봐! 이 엄마를 위해서! 부탁이야."

마르티나의 일기의 한 부분이다.

"마치 십자포화가 쏟아지는 한 가운데 프르는 느낌이다. 더 안 좋은 것은, 마치 내가 전쟁을 치르고 있는 양 진영을 왔다 갔다 하는 이중간첩과 같다는 생각이 든다는 것이다. 나는 한 편에게 다른 편의 비밀을 지켜주어야 한다. 두 분 모두에게 불행한 일이 일어나지 않도록 막아야 한다. 두 다리를 양쪽으로 뻗는 자세를 취할 때처럼 팽팽하게 긴장된 생활을 하면서, 이러다가는 내 몸이 두 동강나는 건 아닌가 걱정이 되기도 한다. 하지만 그래선 안 된다. 내가 이쪽과 저쪽을 모두 도와야 하기 때문이다. 내가 도와야 해, 그렇게 해야 해! 더 이상 아무 것도 할 수 없을 때면, 난 이렇게 중얼거린다. 아빠에게는 내가 도움을 줄 수 있는 유일한 사람이다. 엄마에게도 내가 유일한 구원자이다. 엄마는 항상, 나 때문에 결혼을 했고 나 때문에 산다고 말한다. 모든 것이 내 손에 달려 있다. 오, 하느님! 어떻게 해야 이 어려움을 헤쳐 나갈 수 있을까요? 어떻게 하면 아빠가 포커 노름을 하지 않고, 엄마가 술을 마시지 않을까요? 난 심리요법 전문가도 아닌데 말이에요!"

부모를 보살피는 일에 출구가 보이지는 않았지만, 마르티나는 고생을 마다하지 않았다. 어머니에게는 어머니가 되어 돌봐주고, 아버지도 어머니처럼 돌봐주었다. 부모에게 부모노릇을 해야 하는 딸로서, 마르티나는 더 이상 어린이로 살아갈 수가 없었다. 부모가 마르티나에게 감정이입을 할 때는 오로지 그녀의 이타적인 사랑을 자기들의 이기적인 목적을 위해 악용하려고 할 때뿐이었다. 상처받은 자신들의 자아에 사로잡혀 어머니나 아버지 모두 자기들이 아이를 얼마나 깊은 존재의 위기 속으로 떠밀어 넣었는지에 대해 질문해보지 않았다. 그 어느 것도 해결하지 못하는 상황에서, 딸이 어머니와 아버지 양쪽으로 갈라져 죄책감과 양심의 갈등을 느끼며, 자신을 사랑하지 못하고, 자유롭게 자기 삶의 길을 걷지도 못한다는 사실을 지금까지 어느 쪽 부모도 깨닫지 못했다.

나는 부모부터 심리상담을 시작했다. 마르티나의 정신적 부담을 덜어주어야 할 사람이 바로 그들이었기 때문이다. 나는 그들의 감정이입 능력을, 추론능력이 요구되는 좀더 높은 단계로 끌어올리려고 했다.

"부모가 도움을 요청할 때, 마르티나는 어떤 기분을 느낄까요?"

"당신들의 부탁을 받고, 무슨 생각을 할까요?"

"그런 부탁을 받고 마르티나는 자기 인생에 대해서 어떤 결론을 내릴까요?"

"내가 아이에게 피해를 끼치고 있는 것은 아닐까 하는 생각을 해보았나요?"

이런 질문에 대답하는 과정을 통해서 나는 평소에는 예민했던 부모의 마음속에서 반드시 마르티나를 배려하는 생각이 더 커지기를 바랐다. 두 사람은 자기들이 딸에게 과도한 짐을 지웠다는 사실을 깨닫고 깊은 충격을 받았다. 그리고 앞으로는 마르티나를 중재자로 이용하지 않겠다고 다짐했다. 이제는 거기서 두 사람에 대한 논리적 결론을 이끌어내야 할 차례였다. 자신의 어려움을 해결하는 책임을 자기 스스로가 떠맡기로 하고, 도움이 필요할 때는 심리상담을 받겠다는 약속이 필요했다. 이것은 마르티나에게 자유로운 삶을 마련해주기 위한 기본조건이었다. 하지만 그녀의 부모는 이러한 기본조건조차 지킬 능력이 없었다. 그들 위에 드리운 그림자가 너무 커서, 그것을 극복할 수가 없었다. 그들이 앞으로 마르티나에게 마음의 고통을 털어놓지 않는다고 한들 무슨 소용이 있겠는가? 부모가 입을 다물고 있어도, 마르티나는 그들이 여전히 어려움을 겪고 있으며, 여전히 자신의 도움을 필요로 한다는 것을 잊지 않고 있었다. 결국 그녀는 학업을 중단하고, 거식증에 빠진 상태로, 부모가 살고 있는 집으로 돌아왔다.

　나로서는 모든 심리상담 능력을 동원했지만, 이번 일에는 별무 소득이었다.

2. 사랑을 볼모로 벌을 주는 부모

내가 잘 알고 있는 사람들 가운데 두 자매가 있다. 두 사람은 어렸을 때부터 서로 썩 좋은 관계가 아니었다. 큰 딸 도리스는 처음에는 어머니에게 절대적인 사랑을 받았다. 그런데 2년 후에 동생 테레사가 태어나자, 사람들의 관심이 온통 그녀에게 쏠렸다. 눈부시게 예쁜 얼굴 때문이었다. 그런 상황이 평생 지속되었다. 게다가 도리스는 모든 면에서 테레사에 미치지 못했다. 모든 과목에서 테레사의 성적이 더 좋았고, 손재주나 운동 면에서도 테레사의 몸놀림이 더 기민했다. 무용시간에 연습을 할 때면, 늘 사내아이 두 세 명이 한꺼번에 테레사에게 몰려와 함께 춤을 추자고 졸랐다. 그와 반대로 도리스는 외톨이로 있을 때가 많았다. 감정이입 능력에서도 빠지지 않았던 테레사는 언니 도리스가 자주 속상해하고 부끄러워할 때마다 못 본 척 넘어가지 않았다. 어떤 식으로

든 언니를 도와주려고 했다. 좋은 의도에서 도움을 준 것인데, 그것이 오히려 도리스에게는 자존심에 상처를 입히는 일이 되었다. 동생에게 도움을 받아야 한다는 사실에, 도리스는 참을 수 없는 모욕을 느꼈다. 상황을 더 악화시킨 것은, 어머니가 테레사가 하는 일이라면 칭찬을 아끼지 않고, 사랑도 온통 동생에게만 쏟는다는 사실이었다. 아버지 또한 테레사의 재주에 매우 흐뭇해했다. 못 오르는 나무가 없을 정도로 용감하게 나무를 잘 타고, 축구를 좋아하는 둘째 딸을 보면서, 아버지는 아들이 없는 허전함을 대신 메웠다.

직업을 선택할 때도 두 자매의 길이 명확하게 갈렸다. 테레사는 많은 사람들이 선망하는 활동요법 치료사가 되었고, 도리스는 백화점 점원이 되었다. 도리스는 평범한 우체국 직원과, 테레사는 고위공무원과 결혼을 하였다. 도리스는 남편과 그럭저럭 생활을 꾸려나갔다. 휴가도 슈바르츠발트 지역에서 보내는 것이 고작이었다. 그와 반면에 테레사는 남편과 함께 히말라야, 몬테카를로 등지로 여행을 다녔다. 그런데 도리스에게는, 성공한 동생 테레사가 이루지 못한 것이 딱 한 가지 있었다. 도리스에게는 아주 잘 자란 아들이 셋이나 있었지만, 아무리 노력을 해도 테레사에게는 아이가 생기지 않았다.

지금 두 자매의 나이는 32살과 30살이다. 두 사람은 서로 두 마을 정도 떨어진 곳에서 살고 있으며, 친정부모는 그들과 가까운 도시에서 살고 있다. 테레사 이모는 세 조카에게 인기가 만점이

다. 이모가 꼭 자기들과 나머지 가족들에게 듬뿍 선물을 안겨주
고, 신나는 여행을 시켜주고 서커스를 구경시켜 주기 때문만은 아
니다. 어머니와 달리, 이모는 항상 명랑하고, 자기들과 잘 통하기
때문이다. 세 아이는 할머니 할아버지 댁에 가는 것도 무척 좋아
한다. 그토록 오랫동안 기다려왔던, 다시없는 손자들이고, 게다
가 사내아이들이어서 할머니와 할아버지는 아이들을 보면 좋아
서 어쩔 줄을 모른다.

 첫 눈에 보고, 사람들은 그들을 행복한 가족으로 여긴다. 하지
만 바닥에서는 갈등이 부글부글 끓어오르고 있다. 도리스는 세 아
들을 미끼로 삼아 가족 모두를 꼼짝 못하게 만든다. 큰딸로서 이
루지 못했던 것을, 세 아들을 통해서 손에 넣으려고 한다. 도리스
에게는 세 아들과, 여동생, 친정 부모의 마음을 읽는 감정이입 능
력이 있다. 그녀는 그 능력을 자신의 목적을 성취하는 데 이용한
다. 도리스는 그들이 서로 사랑하며, 보고 싶어 한다는 것을 안다.
그녀는 그 사실을 세 아들의 교육에 미끼로 사용한다. 거기에 그
치지 않는다. 다른 가족들에 대해 앙갚음을 하는 데도 이용한다.

 한 아들이 버릇없이 굴면 도리스는 그 벌로 테레사 이모 집에
가지 못하도록 금족령을 내린다. 그 때문에 아이들뿐만 아니라,
테레사 이모도 고통을 받는다. 그뿐만이 아니다. 도리스는 세 아
들과 다른 가족 모두에게 벌을 주기도 한다. 세 아들 가운데 한 명
이라도 예의 없는 행동을 할 경우에는 셋 다 테레사 이모뿐만 아
니라 할머니 할아버지 댁에도 못 가게 한다. 그러니 세 아이 모두

엄마에게 잘 보이려고 기를 쓴다. 아이들이 그러는 것은 엄마를
뺀 다른 가족에게 연대의식을 느끼기 때문이다. 그 대신 이런 저
런 일에 대해서는 엄마에게 비밀로 부치고, 심지어 가끔 거짓말을
하기까지 한다. 어찌 보면 이해가 갈만도 한 일이다.

아이들은 자신들을 위해, 또 테레사 이모, 할머니 할아버지를
대신하여 엄마에게 앙갚음을 한다. 테레사 이모나 할머니 할아버
지의 사랑에 대한 보답으로, 이들에게는 절대로 하지 않았을 일들
을 어머니에게 저지른다. 어느 때는 크리스마스트리에 불에 붙이
기도 하고, 어느 때는 엄마 침대 이불 밑에 커다란 거미 세 마리를
넣어두기도 한다. 다시 말하면 엄마의 처사에 간접적이고 음흉한
공격성으로 대응한 것이다. 도리스는 마음 깊은 곳에서, 세 아들
이 가슴속에 엄마인 자기에 대한 진정한 사랑을 품고 있지 않다는
것을 느낀다. 벌을 주기 위해서 감정이입을 악용한 행동이 부메랑
이 되어 되돌아온 셈이다.

이혼한 부모가 이와 똑같이 잔인한 짓을 할 때도 많다. 그런 이
야기가 하나 있다. 얼마 전에 내가 직접 목격했던 일이다. 나로서
는 아무런 영향력을 발휘할 수가 없었지만 말이다. 로빈의 새 고
무장화가 찢어졌다. 어쩌다 그렇게 되었는지 로빈은 자기 입으로
말을 할 수가 없다. 축구를 하다가 찢어졌기 때문이었다. 아마도
너무 격렬하게 공을 차다가 그렇게 되었을 것이다. 하지만 축구를
하다보면 어쩔 수 없는 일이다. 정말 예쁘게 생긴 빨간 장화였다.

그러나 공을 차기에 신발이 너무 연했던 건 분명하다. 이제는 벗을 수밖에 없다. 어머니는 로빈처럼 12살이면, 축구할 때는 거기 맞는 신발을 신어야 한다는 것 정도는 알아야 한다고 생각한다. 그녀는 아들에게 신발이 얼마나 중요한 물건인가를 가르쳐주어야 할 때라고 느낀다. 아들에게 신발을 망가뜨린 데 대한 벌을 준다. 이제부터 용돈을 모아 신발 한 짝 값을 모을 때까지는, 겨울신발을 신지 못할 것이라고 말한다. 하지만 어머니는 진심으로 그런 벌을 주려고 한 것이 아니다. 그녀는 로빈의 아버지가 아이에게 감정이입을 잘 한다는 사실을 계산에 넣고 있다. 그래서 눈이 쌓인 주말에 슬리퍼만 신긴 채 아이를 아빠에게 보낸다. 그녀는 로빈이 추위로 벌벌 떨 것이라고 예상한다. 아이의 상황을 미리 짐작한 것이다. 또 아이를 걱정하는 전 남편에 대해서도 감정이입을 한다. 그녀는 그의 됨됨이를 잘 안다. 그가 매우 책임감이 강하며, 아이를 무척 사랑한다는 것을 알고 있다. 전 남편이 추위에 떠는 아들을 걱정하여 새 겨울신발을 사 줄 것이라고 믿어 의심치 않는다. 그렇다면 의문이 생긴다. 도대체 그녀는 누구에게 벌을 준 것인가? 하지만 전 남편에 대한 분노 때문에 그녀는 이 점을 전혀 의식하지 못한다.

3. 성추행

성추행 사건들이 늘어나는 것처럼 보인다. 분명한 것은, 실제로 지금보다는 과거에 성추행 사건이 훨씬 더 빈번하게 발생했다는 점이다.

이번 사건이 세상에 드러나게 된 것은, 경증장애아인 큰아들 덕분이었다. 어려서부터 파비안은 어머니의 사랑을 독차지했다. 아내가 워낙 아들에게 집착했기 때문에, 그녀의 남편은 남편의 자리를 아들에게 빼앗겼다. 심지어는 부부용 침대의 남편자리도 아들이 차지하여, 그는 손님방에서 잠을 잤다. 부모가 이혼할 때, 파비안은 아버지에게 등을 돌리고 어머니 편을 들었다.

그는 어머니를 도와, 아버지에게 불리한 주장을 수집했다. 그래서 아버지가 어머니에게 달려들기 위해서 여러 번이나 사납게 자기를 침대 밖으로 내던지려고 했다고 증언했다. 다행히 그때마다 엄마가 아버지를 말렸고, 큰 소동이 벌어졌다고 했다. 그런데 아버지가 누이동생 미라의 방에 들어가면, 항상 쥐죽은 듯 아무 소리가 없었다. 파비안은 누이동생이 걱정되어 여러 번 방문에 대고 귀를 기울였다.

대부분 나지막하게 부스럭거리는 소리가 들렸다. 마치 누가 침대에서 몸을 돌리는 소리 같았다. 한 번은 아버지가 속삭이는 소리가 들렸다.

"미라, 우리끼리 서로 몸을 껴안는다는 얘기를 엄마한테 하면 안 돼. 절대로 그런 눈치를 줘선 안 돼. 생각해 봐, 엄마가 나에게 얼마나 화를 내겠니?"

미라는 엄마에게 절대로 말을 하지 않았다. 하지만 파비안은 꼭 엄마에게 말을 해야 할 것 같았다. 그런데 그는 엄마가 그 사실에 대해 알고 싶어 하지 않는 것을 보고 크게 놀랐다. 엄마는 아마도 파비안이 꿈을 꾸었을 것이라고 말했다. 이혼 문제가 코앞에 닥치자, 그때서야 엄마는 아빠와 미라 사이에 무슨 일이 있었는지 알고 싶어 했다.

아버지는 성추행으로 고소당했다. 미라는 처음에는 모든 사실을 부정했다. 하지만 오빠가 사실대로 다 이야기하고, 수사관들이 실제로 있었던 일을 이야기해야 한다고 재촉하자, 마침내 미라는 아버지와 여러 번 오래 애무를 했으며, 절대로 그 일을 입 밖에 내지 않겠다고 아버지에게 약속했다고 털어놓았다.

아버지가 몸의 어느 부분을 만졌는지에 대해서 사람들이 집요하게 물어올 것이라는 예상을 하지 못했던 9살 소녀는, 어린아이답게 순진하게 몇 가지 사실을 시인했다. 이렇게 해서 아버지는 유죄판결을 받았다.

그 결과 미라는 천애고아의 신세가 되고 말았다. 미라는 오빠와 모든 관계를 끊었다. 원래 그녀에게 오빠는 없는 것 같았다. 엄마는 처음부터 미라에게 마음을 다 열지 않았다. 엄마는 오로지 오빠에게만 매달렸다. 아버지는 유죄판결을 받아 자기 곁을 떠났다. 아버지는 미라가 약속을 지키지 않은 것 때문에 크게 실망했다. 미라의 죄책감과 청결에 대한 강박관념은 여기서 시작되었다. 유대관계에 대한 엄청난 불안감과 실망감, 우울증도 마찬가지였다. 좋은 성적으로 고등학교를 다니고는 있지만, 미라는 정신적으로 큰 혼란을 겪고 있다.

편지를 주고받으면서, 나는 미라가 이미 13살 때부터 여러 가지 심리치료를 받았다는 사실을 알게 되었다. 그런데 어떤 치료도 그녀에게 도움이 되지 않았다. 아버지가 크게 잘못했다는 사실만을 의식하게 해줄 따름이었다. 심리치료사의 지도에 따라, 미라는 아버지에 대한 증오를 소리를 질러 털어내려고 했다. 그와 동시에 마지막 남은 자신감과 자존심이나마 찾아내어서, 더 키우려고 노력했다. 하지만 다 부질없는 일이었다. 그녀가 느끼는 죄책감의 위력이 더 셌기 때문이었다.

도대체 무엇 때문에 죄책감을 느끼느냐고 물었더니, 그녀는 내게 이렇게 답장을 보내왔다.

"프레콥 선생님은 제게 특이한 질문을 하셨어요. 지금까지 그 걸 물어본 심리치료사는 한 사람도 없었어요. 처음부터 모든 심리 치료사들이 다 내가 죄책감을 느끼는 것은 당연하다고 여겼어요. 내가 아버지에게 저항하지 않았기 때문이라는 이유였어요. 나로 서는 왜 내가 죄책감을 느껴야 하느냐고 따질 용기가 나지 않았어 요. 사실 완전한 의미의 근친상간은 아니었어요. 단지 애무를 했 을 뿐인데, 아버지와 딸 사이에 있어서는 안 될 애무였던 것이 문 제였어요.

어떤 선을 넘었다는 점에서는 의심할 여지가 없어요. 하지만 우 리 어머니는 나를 다정하게 대해준 적이 없었어요. 오빠한테만 정 을 주었고요. 아버지도 결혼생활에서 사랑을 느끼지 못했어요. 본래는 어머니가 아버지에게 주었어야 할 것을 내가 주었던 거예 요. 아버지도 본래는 자기 아내에게 주어야 할 사랑을 내게 주었 고요. 그렇게 우리는 어머니에게서 받지 못했던 사랑을 서로 주고 받았어요. 그렇게 생각하면 난 죄책감을 느끼지 않아도 돼요. 아 버지가 나에게 그런 행동을 해서는 안 된다는 것을 알고 있어요. 차라리 다른 여자를 구해서 우리 가족을 떠났더라면 더 좋았겠지 요. 일반적으로 통용되는 법의 관점에서 본다면, 이것이 더 올바 른 행동이었을 거예요. 하지만 아버지한테서만 사랑을 받는 아이 의 눈으로 보면 그렇지 않아요.

가슴 깊은 곳에서 나는 어렴풋이 느끼고 있었어요. 아빠에게 낯 선 여자가 생길 경우에, 우리 가족은 완전히 끝장이므로, 나라도 사랑하는 아버지에게 가정을 만들어주어야 한다는 것을 말이에요. 그래야 아버지가 우리 곁에 머물 수 있으니까요. 결국 그것은 어머니와 오빠를 위한 일이기도 했어요. 흔히 말하는 근친상간에 대해서는 난 절대로 양심의 가책을 느끼지 않는다는 사실을 다시한 번 강조하고 싶어요.

이제 프레콥 선생님의 물음에 답할게요. 도대체 무슨 죄책감 때문에 날 괴롭히고 오늘날까지 죽도록 날 불행하게 하느냐고 물으셨더군요. 내가 아버지를 배반했기 때문이에요. 아버지가 유죄판결을 받은 것은, 오로지 나의 고백 때문이었어요. 내가 우리의 애무에 대해서 세세하게 털어놓았거든요. 아버지를 감옥에 가게 한 사람은 바로 나예요. 난 아버지의 명예를 영원히 짓밟았고, 아버지의 사랑을 잃었어요. 선고가 내려진 뒤에, 아버지가 나에게 화를 내지는 않았지만, 난 더 이상 아버지의 눈을 똑바로 쳐다볼 수가 없었어요. 아버지는 내 마음을 편하게 해주려고 무척 애를 썼어요.

잊을 수가 없어요. 아버지는 내가 수사관들과 법정 앞에서 얼마나 사면초가에 몰렸는지 이해하며, 이 세상 누구보다도 나를 사랑한다는 믿음을 나에게 심어주려고 했어요. 어쩌면 그렇게 말하면서 아빠가 나를 껴안아 주었다면 나는 그렇게 믿었을지도 몰라요. 하지만 아빠는 감히 내 몸에 손을 댈 수가 없었어요. 이야기를 나누면서, 육체적으로 큰 거리감을 느꼈어요. 마치 내가 차가운 길거리에 내몰린 아이 같다는 느낌이 들었어요. 그것도 그렇지만,

벌써 그때부터 심리치료를 받기 시작했는데 내겐 효과가 없었어
요. 심리치료사들은, 어린 희생양인 내게는 아무런 잘못이 없으
며, 아버지가 양의 탈을 쓴 사악한 늑대였다는 것을 설득하는 데
역점을 두었어요. 그들은 어머니도 공범자로 여겨야 한다고 했어
요. 그런 설득이 차츰 내 마음속에 자리를 잡아갔어요. 심리치료
의 목적은, 자유로운 자아를 형성할 수 있도록, 나를 부모의 집에
서 분리시키는 데 있었어요. 하지만 지금까지도 난 그렇게 할 수
가 없었어요. 한 걸음이라도 그 방향으로 내디디려고 하기가 무섭
게, 아버지와 관련된 고통스런 문제가 다시 나를 사로잡아요. 나
는 아버지에게서 떨어질 수가 없어요. 난 여전히 죄의식에 사로잡
혀 있어요."

"넌 사랑에 사로잡혀 있는 거란다."

이것이 미라의 편지에 대한 내 대답이었다. 그녀에게 부모와 화
해하는 모습을 상상할 수 있느냐고 물었다. 그녀가 어머니를 충분
히 이해하지 못한다는 점이 화해에 걸림돌이 될 가능성은 있다.
어찌 되었든, 어린 시절에 어머니가 겪었던 일을 통해서, 어머니
의 혼란한 심정에 대해 더 많은 것을 알게 되면, 미라에게 큰 도움
이 될지도 모른다.

이것이 미라가 어머니에 대해 감정이입을 할 수 있는 단초가 될
수도 있다. 어쩌면 어머니가 큰아들의 장애에 그토록 편집증적인
집착을 보이면서, 남편과 딸에 대한 관계까지 포기하는 까닭에 대
한 해명을 찾아낼 수 있을지도 모른다. 아들을 보면, 그녀에게 죄

책감을 안겨준 장애인 오빠에 대한 기억이 되살아나기 때문인지
도 모른다. 이와 같은 새로운 사실들이 어머니를 이해할 수 있는
또 다른 계기가 되어, 그녀의 가슴에 이런 소리가 울려 퍼질지도
모른다.

　"엄마! 힘든 운명 때문에 엄마가 우리 아빠에게서 자유로울 수
없었다는 것을 이해해. 그 대신 내가 엄마가 아빠에게 줄 수 없었
던 사랑을 주었어. 아무리 그래도 엄마는 내 엄마야. 내 가슴으로
엄마를 알고 싶어."

　더 나아가 미라는 아버지를 사랑한 것 때문에 상처를 받고, 자
신이 더렵혀졌다고 생각하지 않아도 된다. 그녀에겐 그럴 권리가
있다. 미라는 아버지에게 대면을 요청해서, 딸에게 충분한 감정
이입을 하지 못했던 과거에 대해서, 그리고 딸에게 적절치 못한
성적 경험이라는 고통스런 경험을 안긴 데 그치지 않고, 비밀까지
지키라는 과도한 짐을 맡긴 일에 해서 얼마나 후회하고 있는지,
그의 입을 통해 직접 들어보아야 한다. 잘못은 아버지에게 떠넘기
되, 비록 잘못을 저지른 아버지이긴 하지만 그를 가슴으로 받아들
여야 한다.

　아버지와 어머니를 존경할 때에만 사람은 올바로 살아갈 수가
있다. 비록 갖가지 결점이 있더라도, 부모를 존중하고 사랑할 때
에만, 사람은 자존심과 자기 사랑을 지닐 수 있다. 이와 같은 단
순한 진리를 모르는 심리학자와 심리요법 전문가들이 너무나
많다.

그 이유는 뭘까? 왜 그들은 가슴으로 부모를 알고 싶어 하는 아이의 본능적 욕구에 대해서 감정이입을 하지 못하는 걸까? 나는 자기 부모와 아직 화해하지 못하고 있는 많은 심리요법 전문가들이 이러한 어설픈 자기 인식을 고객에게 떠넘기고 있다는 것을 알고 있다. 내 나름대로 이 분야의 사정에 대해 알고 있는 내가 보기에는 그렇다.

이처럼 미숙한 단계에 머물러 있는 심리요법 전문가들은 감정이입을 제대로 하지 못한다. 이런 단계에서 그들은 자신을 상담고객과 동일시한다.

그들이 환자에게 부모에 대한 미움을 소리쳐 내뱉으라고 할 때, 그 미움은 바로 자기 자신의 증오이다. 가슴 가장 깊은 곳에 자리 잡고 있는, 창조의 법칙에서 비롯된 아이의 본능적 욕구인 부모를 존중하고 싶어 하는 마음에 대해 감정이입을 하지 못하는 사람들이 많다.

수년에 걸쳐 치료를 하면서, 심리요법 전문가들은 미라가 마음 가장 깊은 곳에서 느낀 고통에 대해서 감정이입을 하지 않았다. 미라로서는 헛된 치료를 받은 셈이었다. 그들의 감정이입 능력이 거의 빵점에 가까웠다고 볼 수밖에 없다. 하지만 나는 똑같은 잘못을 범하고 싶지 않다. 그래서 많은 심리요법 전문가들이 감정이입 능력을 발휘하는 데 방해를 받는 이유에 대해서 질문을 던져본다.

스스로 이와 같이 섬세하고 깊은 감정을 인식하여 자기 부모와

화해에 도달하기도 전에, 홍수처럼 밀려드는 합리적인 지식의 물
결에 휩쓸렸기 때문에, 그렇게 되었을 가능성이 있다. 머리를 무
겁게 하는 논리의 지배를 받다보니, 가슴의 논리가 설 자리가 사
라져버린 것이다.

제 3 장
감정이입의 과정

감정이입 능력의 발달은 학교에 입학하면서 시작되는 것이 아니다. 대학의 강의실에서 시작되는 것은 더 더욱 아니다. 그것은 이미 이른 어린 시절에, 다시 말하면 아직 태어나지 않고 어머니 뱃속에 있을 때부터 시작된다. 이 점을 명심해야 한다. 태아의 육체가 형성되면서부터 감정이입과 인간성의 토대인 공감 능력이 형성되기 시작한다. 모태 안에 있는 태아는 아직 말을 하지는 못하지만, 자신의 움직임에 대해 어머니가 배를 쓰다듬어주면서 응답하는 것을 감각적으로 느낀다. 모태 밖으로 나온 다음에는, 자기가 내는 소리를 엄마가 본능적으로 어떻게 흉내 내는지 감지한다.

다양한 삶의 영역에 걸쳐 관찰해본 결과를 놓고 볼 때, 감정이입의 상황이 밝지 않다. 이는 숨길 수 없는 사실이다. 이 책에서 감정이입 상태에 대한 논의를 진행하면서, 나는 초점을 외적인 영역에서 내적인 영역으로 옮겨갔다. 독자들도 분명히 이 점을 눈치 챘을 것이다. 외적인 영역, 이를테면 자동차를 운전하거나 물건을 구매할 때, 우리는 사람들이 남을 배려하지 않는 것을 쉽게 느낄 수 있고, 또 거기서 감정이입이 상실되었음을 깨닫기도 한다. 상대가 내 사정을 고려하지 않는 경우를 자주 겪으면서, 우리는 도대체 무엇이 잘못되었는가를 점점 더 확실하게 의식하게 된다. 추월을 당할 경우에는 쉽게 그 상황에 순응할 수도 있다. 그런데 내면에서는 다시 말하면 우리가 나와 너 사이에, 주고받는 행동을 통해 사랑이 오고가고 있다는 것을 절실하게 느끼고 싶어 하는 바로 그곳에서는 감정이입의 부족을 그처럼 확연하게 인식하기가 어렵다. 가슴에서 통증을 느끼면 그때 가서야 비로소 우리는 감정이입이 없었음을 느낀다. 이제부터는 그 원인을 찾아 보고, 독자들에게 도움이 될만한 몇 가지 점에 대해서 언급해볼까 한다.

그대가 있다

여러 시선이 그대를 바라보는 곳,

그곳에 그대가 있다.

눈길들이 마주치는 곳,

그곳에서 그대는 생겨난다.

한 소리가 한결같이

한 외침에 실려 온다.

모두 한 소리로만

소리 지르는 듯 하다.

그대는 쓰러진 적이 있다.

하지만 이제는 쓰러지지 않을 것이다.

눈길들이 그대를 보듬을 것이므로.

그대가 존재하는 까닭은 눈길들이

그대를 원하기 때문이다,

그대를 바라보고자 하고, 그대가

존재한다는 사실을 말하고자 하기 때문이다.

힐데 도민(Hilde Domin)

이 시의 작가는 『이중해석 Doppelinterpretation』이라는 책에서 한 가지 실험을 하였다. 그녀는 독자들이 '해석 행위'에 참여할 수 있도록, 자기가 쓴 시를 안쪽과 바깥쪽에서 조명해보았다. 독자들은 시를 해석하는 모임에 참석하여 새로운 경험을 하였다. 힐데 도민의 생각을 통해서 해석을 해보고, 반대되는 생각을 통해서 해석을 해보았다. 이에 자극을 받아서 나는 내 자신이 두 번째 목소리가 될 수 있다고 믿고, 첫 번째 구절과 세 번째 구절을 이렇게 바꿔보았다.

여러 시선이 나를 바라보는 곳,

그곳에 내가 있다.

눈길들이 마주치는 곳,

그곳에서 나는 생겨난다.

내가 존재하는 까닭은

눈길들이 나를 원하기 때문이다.

나를 바라보고자 하고, 내가

존재한다는 사실을 말하고자 하기 때문이다.

감정이입에서는 다양한 측면에 걸친 내적인 과정이 중요하다. 그것은 다음과 같은 구성요소로 이루어진다.

- 상대방의 입장에서 생각할 마음의 준비가 되어 있다.(상황이 이런데 넌 어떻게 지내니?) 그리고 그의 감정을 알아볼 마음의 준비가 되어 있다.(기분이 어때?)
- 그의 감정을 나의 감정과 비교한다.(이런 감정들을 내가 알고 있는지, 비슷한 감정들을 경험해본 적이 있었는지, 그때 내 기분은 어땠는지, 아니면 최소한 그가 처한 상황을 상상할 수는 있겠는지 생각해본다.)
- 나의 자아(주체)와 상대(객체) 사이에 명확한 선을 긋고, 상대의 상황을 나의 관점이 아니라, 그의 관점에서 해석한다.(나는 너를 바라보고, 네 목소리를 듣고, 너의 존재를 느끼고 있다. 네 형편이 나와 다르다는 것을 이해한다.)
- (내 자신을 잃어버리지는 않고) 잠시 나를 배제하고 나서야 비로소, 나는 상대방을 그의 관점에서, 그가 처한 감정 상태에 맞춰 이해할 수가 있다. 그리고 감정적으로 그 상황에 나를 맞추어 감정적인 일치에 도달할 수가 있다.(그래 난 알아. 아니면 적어도 네가 어떻게 지내는지 상상할 수는 있어. 사실 너를 좀 더 이해하기 위해서, 너에 대해서 더 많이 알았어야 하는 건데.)
- 그런 다음에야 비로소 나는 그에게 다가가 의논할 수 있고, 그를 위해 헌신할 수 있다.(내가 어떻게 해야 네 마음이 좀 더 좋아질 수 있을까? 넌 혼자가 아니야. 그걸 알고 있겠지?)

이것들은 감정이입을 구성하는 필수불가결한 요소들이다. 다시 말해서, 본래 감정이입이라는 것이 가능하려면 여러 가지 까다로운 조건이 충족되어야 한다. 감정이입을 하려면, 다음과 같은 능력 내지는 특징들이 결합되어야 한다.

  - 자신의 정체성에 대한 의식을 포함한 신뢰할만한 자기 인식
  - 상대방에 대한 존중
  - 자기 자신을 포기하고 다른 사람에게 헌신하려는 사회적 마음가짐. 다시 말하면 자신의 이익을 포기하고, 그 대신 다른 사람들을 배려하는 마음가짐.
  - 상대가 처한 상황을 상상할 수 있는 능력. 도움을 주기 위해서 반드시 필요한 정신적인 추론능력. 이에 가장 잘 들어맞는 개념이 바로 감정지능이다.

이와 같이 감정이입을 하려면, 까다로운 요구조건들이 충족되어야 한다. 독자들은 이 요구조건들이 언어적, 논리적 사고 내지는 추상적인 사고와는 그다지 관계가 없다는 것을 눈치 챘을 것이다. 감정이입 과정은 거의 대부분 무언으로 진행된다. 여기서 대니얼 골먼의 책에서 일부분을 인용할까 한다.

"합리적인 정신은 언어로 표현된다. 그와 반면에 감정의 언어는 말로 표현되지 않는다. 어떤 사람의 언어가, 소리의 울림, 그의 몸짓, 또는 다른 무언의 표현과 일치하지 않을 경우에 감정적 진실은 그가 말하는 내용이 아니라, 그가 그것을 말하는 방법에 담

겨있다. 의사소통 연구자들이 대체로 믿고 있는 바에 따르면, 감정은 90% 내지 그 이상이 무언으로 전달된다고 한다. 어조를 통해 눈치 챌 수 있는 불안감이든 간단한 몸짓으로 드러나는 분노가 되었든, 이런 방식으로 전달되는 감정을 사람들은 특별한 주의를 기울이지 않고, 거의 대부분 무의식적으로 받아들인다. 다시 말하면 말없이 그냥 받아들이고 그에 반응한다. 그에 상응하는 여러 가지 능력들도 마찬가지로 거의 대부분 무언으로 습득한다. 우리가 그런대로 무언의 반응을 잘 해내고 있는 것은 모두 이런 능력들 덕분이다."

감정이입 능력의 발달은 학교에 입학하면서 시작되는 것이 아니다. 대학의 강의실에서 시작되는 것은 더 더욱 아니다. 그것은 이미 이른 어린 시절에, 다시 말하면 아직 태어나지 않고 어머니 뱃속에 있을 때부터 시작된다. 이 점을 명심해야 한다. 태아의 육체가 형성되면서부터 감정이입과 인간성의 토대인 공감 능력이 형성되기 시작한다. 모태 안에 있는 태아는 아직 말을 하지는 못하지만, 자신의 움직임에 대해 어머니가 배를 쓰다듬어주면서 응답하는 것을 감각적으로 느낀다. 모태 밖으로 나온 다음에는, 자기가 내는 소리를 엄마가 본능적으로 어떻게 흉내 내는지 감지한다. 또 생후 몇 달 동안에 부모는 아기의 행동방식에 대해서 부모 나름의 감정을 가지고 응답한다. 이것을 보고, 아기는 자기가 느끼는 감정을 부모가 자기에게 반영해준다고 느낀다.(우리는 아이들과 장애인들에게서, 이들의 세 배에 달하는 인원수의 박사들에게서 얻는 것보다 더 훨씬 더 많은 공감을 받고 있다는 것을 알고 있다.) 움직이는 육신과 다양한 지각이 없이 인간은 생겨나지 않는다.

"말이 육신이 된다."

이는 천지창조 계획에 필수불가결한 조건이다. 마이스터 에크아르트는 이렇게 말했다.

"영혼은 육체의 구석구석을 돌아다니는 썰매이다."

우리는 토마스 아퀴나스의 글에서 "사랑에서 오는 최초의 영향은 서로 용해되는 것이다"는 문장을 읽을 수 있다. 여기서 그가 말하고자 하는 바는, 육신과 정신은 움직인다는 것이다. 이와 관련해서 루퍼트 셸드레이크는 이렇게 말한다.

"육체는 정신의 활동 중심지이다."

그의 대화 상대자인 매튜 폭스는 이렇게 덧붙인다.

"그대가 그대를 통해서 건네는 사랑은 그대의 육체를 통해 움직인다. ……영혼이 육체 속에 들어있는 것이 아니다. 오히려 육체가 영혼 속에 들어있는 것이다……. 육체 그 자체는 영혼을 통해서 더워지거나 차가워진다."

에어푸르트에서 열린, 감정이입을 주제로 한, '강제포옹 요법' 전문가 회의에서 야로슬라브 슈투르마는 에디트 슈타인의 관점에 대해 반박하면서, 도대체 육신과 육체를 구분하는 기준은 무엇이고, 육신은 어떻게 구성되는가 하는 질문에 대해서 다음과 같이 설명하였다.

"여기서 우리의 발걸음은 명확하게 정신적인 것에서 정신 물리학적인 것으로 나아간다. 다시 말하면 활기찬 인간적 본질의 광범위한 통일을 향해 나아간다. 나는 다른 모든 사물에 다가갈 수도, 거기서 멀어질 수도 있다. 나는 물리적 육체에 다가갈 수도 있으며, 거기서 멀어질 수도 있다. 이 모든 대상들은 항상 그곳에 있다. 살아 있고, 살아왔으며, 또 경험한 바 있는 나의 육신만이 항상 이곳에 있다. 우리는 육신을 만질 수도 볼 수도 없다. 그런데도 우리는 육신에서 벗어나지 못한다. 우리는 생생한 육체성을 통해서 육신을 감지한다. 육신의 존재는 숙명적이어서 우리는·떼려야 뗄 수 없이 육신에 묶여 있다. 이렇게 우리가 육신에 속해있다는 사실을, 외적인 지각을 통해서 꾸며내기란 불가능한 일이다. 육신에 다가가려는 움직임이 전혀 없는 곳이 바로 육신의 정중앙이다. 에디트 슈타인은 이곳을 자아 정체성의 출발점이자 핵심이라고 일컬었다. 육신의 정중앙에 닻을 내리고 있다는 사실을 더 확실하고 의식적으로 지각하면 할수록, 인간은 이곳을 통해서 외부 세계의 대상들을 더 의식적으로 지각할 수가 있다. 극히 드문 일이기는 하지만, 적어도 환상 속에서는 육신 없이도 자아를 의식적으로 경험할 수 있는 가능성이 있다.(예를 들면 '껍질 바깥으로 나간다' 는 표현에서 그런 가능성을 발견한다.) 하지만 자아 없는 육신을 생각하기란, 거의 불가능하다. 나를 떠난 육신을 환상을 통해 상상하는 것은, 이제 더는 내 육신이 아니지만 구석구석 그것을 닮은 물리적인 몸뚱이, 곧 시신을 상상하는 것이나 마찬가지

다. 이를 달리 표현할 수도 있다. '사멸한' 지체(肢體), 곧 감각 없
는 지체는 더 이상 내 육신의 일부가 아니다."

바로 여기서 자아정체성의 전체성이 정립된다. 그런데 이 전체
성은 인간이 성장하는 과정에서 분열되고 훼손된다.

만물은 유전한다. 이는 천지창조에 근원을 두고 있는, 생명을
위한 기본조건이다. 그것을 가장 확실하게 보여주는 예가 바로 호
흡이다. 호흡은 항상 들숨과 날숨을 통해 이루어진다. 이 양극 가
운데 하나가 분열하면, 생명은 중단된다. 에너지는 서로 대립하
는 양극 사이에서만 흐르는 것이다. 이원성, 곧 양극성의 동일 논
리에 따르면, 내면에서 외면으로, 외면에서 내면으로 진행되는
다른 모든 지각과정들 또한, 수용과 집행 사이에서 일어난다. 다
시 말하면 나와 너, 받는 것과 주는 것 사이에서 이루어지는 조화
이다. 마르틴 부버는 이렇게 말한다.

"존재하는 것은 사태의 발생을 통해서 인간에게 밝혀지고, 사
태의 발생은 존재를 통해서 인간에게 다가온다. 나와 너와 같은
기본적인 낱말들은 전체적인 존재를 전제로 했을 때에만 할 수 있
는 말이다. 전체적인 존재가 되기 위한 수집과 용해는 나를 통해
서도, 또 나 없이도 결코 이루어질 수 없다. 나는 너에게서 내가
된다. 내가 되어간다고 말하는 나는, 나이면서 동시에 너다. 인간
은 너에게서 내가 된다. 모든 현실적인 것은 만남이다."

여기서 우리는 인간이 된다는 것은, 적극적이고 신체적인 행동
을 통해서만 가능하다는 인식을 도출할 수 있다. 그때 그에 필요

한 동기를 부여하는 연료가 바로 감정이입이다.

　그렇게 볼 때, 우리는 감정이입이 공감 내지는 연민과 혼동되어서는 안 된다는 주장에 쉽게 수긍할 수 있다. 고대 그리스어의 개념에 벌써 그에 대한 근거가 표현되어 있다. 공감 대신 '동감'이라는 표현도 사용할 수 있다. 지극히 당연한 일이지만, 어린아이는 공감을 느낄 수 있다. 어떤 의미에서 어린아이는 공감에 종속되어 있다. 어린아이는 여전히 감정적으로 어머니와 하나가 되려고 하는 본능적인 공서 욕구를 가지고 있다. 어린아이에게 감정이입을 기대하기는 아직 무리다. 공감은 적극적인 행동을 요구하지 않는다. 공감은 감정이입보다는 낮은 발달단계에 속한다. 이 단계에서 다른 사람들에게서 공감을 받는 사람은 수동적인 자세로, 그것을 즐길 수 있다. 이를테면 페라리를 타고 자동차 경주 포뮬러 1에 출전한 미하엘 슈마허가 다른 선수에게 뒤처져 있을 때, 나는 그에게 공감을 느낄 수 있다. 수많은 관중들도 공감을 느끼고 신음하며 탄성을 지를 수 있다. 하지만 그 누구도 직접 도움을 줄 수는 없다. 관중은 실제로 슈마허와 함께 질주하지는 못하지만, 감정적으로는 그와 함께 달린다. 관중이든, 텔레비전을 보는 시청자든 마찬가지다. 그들로서는 이웃사람들이 굶든, 도망을 치든, 죽든 그냥 지켜보기만 할 뿐이다. 행동으로 도와주어서도 안 되고, 또 도와줄 수도 없다. 그와 정반대로 관중이나 시청자는, 육체를 통해서, 자기가 본 장면과는 전혀 아무런 관계가 없는 무슨 행동을 할 수 있다. 그는 지각을 분리한다. 한편으로는 원거리 지각을 발휘한다. 다시 말하면 텔레비전 화면을 통해 제공되는 것들을 수동적으로 보고 듣기만 한다. 다른 한편으로 근거리 지각을 발휘한다. 요컨대 촉각, 미각, 후각을 발휘한다. 이것들은 텔레비전 화면과는 전혀 관계없이 우리에게 즐거움을 전달한다. 굶주린 엘살바도르 어린이들을 텔레비전 화면을 통해 지켜보면서도, 우리는 연신 초콜릿을 먹을 수 있다. 집에 있는 부드럽고 포근한 안락의자에 앉아, 파업을 벌이는 자유의 투사들이 경찰들에게 잔인하게 짓밟히고 구타당하는 모습을 지켜본다. 동물학대 프로그램을 시청하면서, 잘 구운 커틀릿 맛을 즐긴다. 수동적으로 그런 프로그램의 영향을 받는 횟수가 점점 늘어날수록, 눈으로 보는 것에 대한 우리의 감수성은 점점 더 둔감해진다. 종국에 가서는 아무리 잔인한 장면을 봐도 마음이 움직이지 않는다. 잔인한 장면도 진부해진다.

텔레비전 화면의 익명성, 시각을 통해 전달되는 사건들은, 인간을 공감이라는 원시적인 단계에 붙잡아두기만 할 뿐 감정이입에 이르는 길을 열어주지 못한다. 근본적으로 볼 때, 화면은 시청자와 사건 사이에 세워둔 벽으로 작용한다. 시청자는 피사체를 변호할 수가 없다. 또 피사체도 시청자를 향해 자신의 감정을 표현할 수가 없다. 시청자와 공감할 기회는 더더욱 없다. 상호관계가 불가능하다. 외부세계의 삶에 능동적으로 참여하기보다, 수동적으로 사건을 지켜보거나 듣는 것을 지나칠 정도로 선호할 때, 인간은 자신의 자아, 말하자면 에고에 사로잡히고 만다. 그 결과 거리낌 없이 자신의 이기주의를 발휘한다. 무심함, 냉혹함, 유대관계 형성 능력의 결함에서 차폐증적인 고독에 이르기까지, 이기주의는 다양한 형태로 그 모습을 드러낸다.

아무리 남을 배려할 줄 아는 감정을 타고났어도, 공감이 감정이입으로 발전할 기회를 얻지 못할 때는, 그 능력이 퇴화할 수도 있다. 그러므로 이 두 감정의 체험 영역에 각기 어떤 차이가 있는지 다시 한번 인식해둘 필요가 있다. 치아라미콜리는 공감과 감정이입의 차이에 대해 다음과 같이 인상적으로 설명한다.

"……감정이입은 연민을 가지고 이타주의를 발휘하여 행동하도록 우리를 자극한다. 공감은 감정이다. 다시 말하면 다른 사람의 불안, 걱정, 분노와 기쁨을 함께 나누는 경험이다. 공감은 우리가 '함께 마음 아파하거나 함께 느낀다.' 는 뜻이다. 감정이입은 우리의 마음이 그곳으로 '옮겨간다.' 는 것을 의미한다. 이렇게 구분하는 것이 중요해 보이지 않을 수도 있다. 하지만 둘의 차이는 물과 기름을 섞을 때와 물과 우유를 함께 섞을 때 나타나는 차이만큼이나 뚜렷하다. 공감을 느낄 때, 물과 기름은 매우 가깝게 붙어, 몸을 맞대고, 포갠 상태로 서로에게 영향을 끼치지만, 늘 자신의 정체성을 유지한다. 다시 말하면 두 사람이 서로 분리된 경험을 가진 상태로 만난다. 감정이입을 할 때, 물과 우유는 서로 섞이면서, 물은 우유가 되고, 우유는 물이 되며, 둘이 함께 전체를 구성한다. 두 사람이 함께 공통의 경험을 쌓는다."

지금까지 설명을 토대로 보면, 감정이입이란 근본적으로 더 고차원적인 감정 발달단계에 해당하기 때문에, 사람에게만 해당된다는 인상을 받기가 쉽다. 그렇다면 동물들을 한번 보기로 하자. 동물들에게도 공감 능력이 뚜렷하게 확인된다. 동물들은 주인의 감정에 금방 전염된다. 주인이 슬픔에 잠기면, 개도 슬퍼하며 움츠러든다. 하지만 주인에게서 멀리 물러나는 것이 아니라, 오히려 곁에서 그를 지킨다. 마구간의 우두머리 말이 병에 걸려 동물병원으로 실려 가면, 다른 모든 말들 사이에 불안감이 감돈다. 말들이 불안해하는 모습에서 우리는 연민과 공포의 기미를 감지할 수 있다. 나는 동물들에게 매우 높은 수준의 감정이입 능력이 있다는 것을 아주 분명하게 확인할 수 있다고 생각한다. 여기서 다음과 같은 의문이 일어난다. 과연 동물의 감정이입 능력이 사람의 그것보다 더 높을까? 자기 보존본능을 무릅쓰고, 개가 주인집 아이의 생명을 구하기 위해 불타는 집속으로 달려들 때, 코끼리 무리가 고아가 된 코끼리 새끼를 받아들여, 어미를 대신하여 먹여주고 보호해줄 때, 이것을 감정이입이 아닌 다른 무엇으로 해석할 수가 있을까?

어린 시절에 목격했던 한 장면이 아직도 내 기억 속에 아로새겨져 있다. 우리 어머니가 아주 깊은 슬픔에 잠겨 머리를 식탁 모서리에 기댄 채 서럽게 울고 있었다. 그때 우리 집 고양이 무리슈카가 식탁 위로 뛰어올라, 어머니를 위로해주었다. 무리슈카가 식탁 위로 올라오는 것은 금기였다. 그걸 알면서도 뛰어올라온 것이다. 고양이들이 자기가 좋아하는 음식을 지키려고 할 때 흔히 하던 그런 행동이 아니었다. 무리슈카는 우리 어머니의 얼굴을 핥고, 어머니의 눈물에 입을 맞추었으며, 어머니가 더 이상 그런 위로를 반기지 않을 때까지, 어머니 곁을 떠나지 않았다. 이와 같은 고도의 감정적인 행동을 본능적인 행동이라고 설명할 수는 없다. 고양이의 행동은 감정이입의 모든 조건을 가장 순수한 방식으로 충족시키고 있다. 상대의 어려움을 지각하기, 도움이 필요한 사람을 위해서 자신의 이익을 포기하기, 능동적으로 도와주기이다. 우리가 동물들에게 배울만한 것도 조금은 있다.

동물계의 예를 통해서 분명하게 드러나듯이 성년이 된 동물만이 감정이입을 할 수 있다. 그 이유는 분명하다. 어린 동물들은 상황에 적절하게 행동할 수 있을 정도로 성숙하지 못했기 때문이다. 육체적인 민첩함, 상황 감당능력, 방향감각, 확실한 습관적 행동과 같은 면에서 아직은 부족한 점이 있다. 그것들 자신이 도움을 주기보다는, 훨씬 더 많은 도움을 필요로 하는 존재이다. 그들은 아직도 하루 종일 어미의 감정이입을 받아야 할 처지에 있다. 인간의 아기도 그와 비교할 수 있는 욕구를 지니고 있다.

1. 감정이입 능력의 발달

감정이입은 타고나는 것이다. 그런데 여기가 시작은 아니다. 실질적으로 감정이입이 시작된 것은 그 이전이다. 여기서 잠시 인간의 근원과 천지창조 이야기로 눈길을 돌려볼까 한다. 약 150억 년전에 우주는 온통 혼돈이었다. 그때 우리가 하느님이라고 부르고싶어 하는 그 천지창조의 힘께서는 천재적인 아이디어 하나를 생각해냈다. 인간을 자기를 꼭 닮은 모습으로 창조하기로 결심한 것이다. 하느님은 무슨 의도로 인간을 자기를 닮은 모습으로 창조했을까? 어떻게 인간이 하느님과 같을 수 있을까? 하느님과 닮았다고 해서, 절대로 인간이 그 분의 전지전능함까지 닮을 수는 없다. 다만 끝도 없고, 한계도 없이 사랑을 베푸는 능력만은 하느님을닮을 수 있다. 온갖 한계에도 굴하지 않고, 인간이 그런 사랑을 베풀 수 있도록 하기 위해서, 하느님은 경계를 정해주었다. 우주의대폭발이 시작되었을 때, 궤도를 설치하여 힘이란 힘은 모조리 대립의 법칙, 다시 말하면 양극성의 법칙에 따라 배열되도록 하였다. 그리하여 어둠에서 빛이 분리되고, 위와 아래가 나뉘었다. 시간의 흐름은 낮과 밤을 통해 그 경계가 지어졌다. 마지막으로 대립되는 두 존재, 곧 남자와 여자가 창조되었다. 천지창조 이야기의 절정은 태초의 두 인간이 낙원에서 안락한 생활을 누린 이야기가 아니라, 유혹에 넘어가 금지된 과일을 향해 손을 뻗음으로써 최초의 금기를 위반한 사건이다. 그 이후로 사랑은 지고의 법칙이 되어, 양극성의 공식과 굳게 결합되게 되었다. 낙원에서 추방된 뒤로, 두 사람, 곧 나와 너는 반드시 사랑의 한계에 부딪혀보고 난 다음에야, 이 한계를 넘어서 사랑을 이룰 수 있게 되었다. 이제부터 인간은 반드시 배고픔을 겪어보고 난 뒤에야 메마른 빵의 가치를 알 수 있었고, 두려움을 느껴보고 나서야 자신의 용감한 생명력을 의식할 수 있게 되었다. 사랑도 마찬가지였다. 이제부터는 사랑도 항상 그것의 정반대인 미움으로 변하고 난 다음에야, 다시 새로워질 수 있었다. 인간은 반드시 사랑을 감당할 수 있는 자기 능력의 한계, 그리고 자기를 사랑하는 사람의 한계에 부딪히고 난 뒤에야, 다시 말하면 사랑의 상처로 커다란 고통을 겪고 난 다음에야, 그 상처를 치료하려는 마음을 먹는다. 한계 없는 사랑은 한계 안에서만 이루어질 수 있다.

그러므로 한계들을 지우지 않고, 의구심을 흐지부지 뭉개지 않고, 고통을 술이나 마약으로 쫓으려하지 않고, 고통을 인터넷 검색을 통해 완화하려고 하지 않는 것 모두, 한없는 무조건적인 사랑의 본질에 속한다. 우리는 사랑을 하면서 받은 상처를 알아야 한다. 그래야 그 상처를 딛고 사랑을 하고, 또 자기가 사랑받는다는 것을 알 수 있다. 온갖 잘못과 약점, 한계를 알면서도 다른 사람이 나를 사랑하는 것을 알게 될 때 비로소, 나는 내가 그 사람에게 한없이 사랑을 받는다고 느낀다. 똑같은 말을 정반대로 할 수도 있다. 온갖 잘못과 약점, 한계를 알면서도, 내가 자기를 사랑하는 것을 알게 될 때 비로소, 내 상대는 자기가 나에게 한없이 사랑을 받는다고 느낀다.

실제로 이런 사랑은 어떻게 이루어지는가? 우선 사랑을 할 때는 행복한 공감을 경험하기도 하지만 갈등을 겪기도 하며, 나와 너 사이에서 벌어지는 충돌은 항상 갈등을 해결하는 과정의 일부라는 사실을 받아들여야 한다. 다른 사람이 나에게, 또 내가 그 사람에게 감정이입을 할 수 있으려면, 양측의 감정들이 솔직하고 분명하게 공개되어야 한다. 감정이입은 감정이 충돌하는 데 도움을 준다. 말하자면 감정이입은 송신자와 수신자를 연결해주는 전선이다. 갈등은 싸움이라는 뜻이 아니라, 화해와 그 뒤 다시 새롭게 흐르는 사랑이라는 뜻이다.

어떻게 하면 그렇게 사랑하며 사는 방법을 습득할 수 있는가?

내 창문 바로 앞마당에 갈란투스, 크로커스, 튤립이 활짝 피어 있다. 화려한 꽃의 축제, 천지창조의 칸타타가 진행 중이다. 각 꽃의 뿌리 하나하나에는 앞으로 전개될 성장과정에 관한 유전정보가 들어있다. 싹에서, 줄기, 꽃잎을 지나, 봉우리 그리고 자기만의 형태와 색깔과 크기로 만개할 꽃에 이르는 총체적인 성장과정이 뿌리 속에 확정되어 있다. 이러한 본질이 스스로를 펼칠 수 있는 토대가 되는 것이 바로 온상이다. 식물의 성장 설계도는 어머니의 보금자리와 같은 이 온상 안에 닻을 내리고 있다. 햇빛, 공기, 이슬방울은 식물에 영향을 끼치고, 식물이 성장하는 환경을 이룬다. 꽃이 성장하는 데는 정원사가 아니라, 정원사의 보살핌만이 필요할 따름이다. 꽃은 자기 안에 내재한 성장 설계도에 따라 스스로 성장한다.

어린이의 성향에 대한 고려가 이루어지는 어린이 친화적인 환경에서는, 정해진 성장법칙에 맞추어 갓난아기와 어머니 사이에 사랑이 넘치는 교류가 이루어질 수 있다. 다른 보호자들과 갓난아기 사이에서도 그런 교류가 확대될 수 있다. 어린이의 발달단계는 자연적으로 결정되어 있다. 이에 관해서 전문가들은 본능적인 학습이나, 직관적인 학습이라는 말을 즐겨 언급한다. 하지만 여기에는 생물학적인 의미의 유전 정보보다 훨씬 더 위대한 것이 개입되어 있다. 중요한 것은 바로 전체를 위한 천지창조의 원본이다. 그 원본에는 호기심, 추진력, 기질, 지능, 가족 제도 안에서 차지하는 지위, 가족의 역사, 어머니와 유대관계를 맺는 특별한 방법 등과 같이 총체적인 인격을 구성하는 모든 요소가 암호화되어 있다. 천지창조의 원본이란 바로, 유일무이한 존재인 한 아이를 위한, 그 무엇과도 혼동해서는 안 되는 유일무이한 창조계획이다.

아직 어린이가 되기 전부터도, 마음은 지고지순한 사랑의 원칙을 자양분으로 삼는다. 마음은 사랑하고 사랑받고 싶어 한다. 이에 대한 욕구는 이미 심어져 있다. 그것은 당연히 충족되기를 희망한다. 이 사랑의 욕구는 아기가 어머니 몸속에 있을 때부터 충족되기 시작한다.(나는 일부터 태아라는 개념을 사용하지 않는다. 나는 수정이 이루어진 날부터 아이의 나이를 계산하는 고대 중국인들의 생각에 매우 공감한다.) 아기는 어머니가 넘치는 사랑으로 자기를 받아주기를 원한다. 아기는 어머니의 감정이입을 통해서 이 '기쁜 소식'을 접한다. 아기는 정신적으로뿐만 아니라, 육체적으로도 어머니와 결합되어 있다. 변함없는 호르몬 조절, 어머니의 목소리, 어머니의 심장박동과 호흡, 발걸음을 통해 전해지는 한결같은 율동적인 흔들림을 매개로 하여 어머니와 연결되어 있다. 아직 태어나지 않은 아이에게는, 어머니가 의식적인 행동을 통해서 어떤 방법으로 감정이입을 해주는가도 중요하다. 아이의 움직임을 느끼는 정도가 강렬할수록, 어머니는 부풀어 오른 배를 더 애정 어린 손길로, 더 자주 쓰다듬어주면서 아이에게 사랑을 보낸다. 아이와 어머니 사이에 육체적 접촉의 밀도가 갈수록 짙어진다. 아기는 벌써 어머니의 애틋한 감정과 흔들림 없는 사랑에 적응이 되어 있다. 예를 들면 도망치면서 느끼는 불안감이나, 죽은 보호자에 대한 슬픔과 같은 심각한 정신적 위기를, 아기는 아무 탈 없이 견뎌낼 수가 없다. 이런 불편한 감정들이 외부세계가 아니라, 아이 자신을 향해 표출될 경우에는 그렇다. 어머니의 감정을 함께 느끼는 아기는 태어나기 전부터 벌써 이런 감정들을 섬세하게 구분할 수가 있다. 어머니가 아이의 존재에 대해 반신반의하며 이중적인 감정(내가 널 원하는 거니? 아니면 널 원하지 않는 거니? 네게 장애가 있는데도, 내가 널 사랑할 수 있을까?)을 드러내는 경우가 있다. 이런 감정을 오랜 기간 경험하게 되면, 아이는 불안한 반응을 보인다. 어머니의 불안한 마음, 내키지 않아 하는 감정을 아이는 함께 느낀다. 그렇게 시설이 미비한 공항에 무사히 착륙하기란 참으로 힘든 일이다.

　출생과 더불어, 어머니와 공서적인 결합을 이루려고 하는 욕구가 사라지는 것은 아니다. 어머니와의 결합이 단절되는 위기를 극복하고 난 뒤에, 아기는 태어나기 전에 자기가 머물렀던 공간에서 익히 누렸던 경험을 되풀이하고 싶어 한다. 아직 탯줄이 잘리지 않은 상태에서, 어머니 배 위에 엎드려 늘 듣던 심장박동 소리를 다시 듣고, 익숙한 호흡의 율동을 통해 흔들림을 느끼고, 친숙한 어머니의 목소리를 듣고, 늘 풍기던 냄새를 맡을 때, 아기는 안도감을 느낀다. 그런데 수동적인 지각만으로는 어머니와의 유대관계가 계속될 수 없다. 갓난아기는 놀라울 정도로 자기 나름의 적극성을 가지고 어머니와 결합하려고 노력한다. 방해하지 않고 가만히 지켜보고 돌봐주면서, 어머니 배 위에 편안히 있게 해주면, 갓난아기는 자기 힘으로 어머니 젖가슴을 향해 기어가, 자기 손으로 어머니 젖꼭지를 잡아 입속에 넣고 초유를 빨아드린다. 아이가 소리를 내뱉을 때, 어머니가 아이의 기분에 맞춰 그 소리를 그대로 흉내 내어주면(다시 말해서, 아기가 입맛 다시는 소리를 낼 때,

그 소리에 장단을 맞추고, 아기가 옹알이를 할 때, 함께 옹알이를 해주면), 아기는 어머니가 자기 마음을 알아주고 자기를 받아준다는 느낌을 받는다. 출생 직후에 벌써 갓난아기는 자기를 흉내 내는 어머니의 모습을 흉내 낼 수가 있다. 다시 말하면 어머니의 감정을 지각하여, 어머니와 똑같은 느낌을 가질 수 있다. 어머니는 아기에게 생물학적인 거울 역할을 한다. 아기는 그 거울을 보면서 자신을 지각하고 인식하게 된다.

어머니에게서 감정이입과 무조건적인 사랑과 보호를 받는다고 느끼는 가운데, 아이는 다른 관계에 대한 호기심을 키워간다. 아이와 어머니가 이렇게 밀접한 유대관계를 유지하는 기간은 적어도 2년 정도 더 지속되는데, 이는 창조계획 속에 이미 예정되어 있던 일이다. 어머니에게 반항하기 시작하면서 자아정체성 의식이 점점 증대되면, 아이에게 분리욕구가 나타나기 시작한다. 반항심과 분노 같은 감정들이 이런 분리욕구를 불러일으키는데, 아이는 이에 대한 대답도 어머니를 통해서 들어야 한다. 이런 감정들도 사랑의 양극성에 속하는 것이기 때문이다. 어머니와 직접 몸을 맞대고, 가능하면 어머니의 팔에 안긴 상태에서, 사랑을 받으면서도 어머니에게 저항하며 아니라고 말할 수 있는 용기를 갖도록 아이를 격려해야 한다. 그때 어머니와 대립한 상태에서도, 아이는 자기감정들을 지각하여 사랑을 새롭게 만들어나가야 한다. 아이에게 사랑할 수 있는 능력의 초석을 마련해주려면, 풍부한 학습과정을 통해서 장기적으로 다양하게 개인적인 경험을 쌓게 해야 한다. 여기서 의문이 생긴다. 지고한 천지창조의 힘은, 아가가 어떤 방법으로 이와 같은 풍부한 학습과정의 혜택을 받을 수 있도록 배려했을까?

다른 포유류들과 달리 인간의 아기는 생리학적으로 볼 때 조산 상태로 태어난다. 태어나는 순간에 인간의 아기처럼 미숙한 동물의 새끼는 그 어디에도 없다. 실제로 약 18개월 된 아기의 중앙신경조직의 수초의 성숙도를 보면, 다른 영장류의 새끼들이 태어날 때 이미 도달해 있는 성숙도와 비슷하다. 이런 점에서 볼 때, 아기는 최소한 12개월은 더 어머니의 몸속이나, 어머니 몸에 매달려 지내야 한다. 그 기간이 지나고 난 다음에야 비로소, 아기는 어머니와 생물학적인 유대관계를 청산할 수 있다.

사랑할 수 있는 능력과 관련해서, 앞에서 제기했던 어린아이의 학습에 대한 질문에 대해서는, 다음과 같이 새로운 질문을 통해서 대답할 수 있다. 모든 생물들 가운데 가장 높은 수준의 언어적 논리적 사고능력에 도달했다는 인간이, 하필이면 가장 미숙한 생물로, 그토록 이른 시기에 자기를 감싸주는 어머니의 배속에서 밖으로 쫓겨나는 까닭은 무엇일까? 그 배후에 천지창조의 지혜와 같은 특별한 정신이 숨어있는 것일까? 그렇다. 이는 의심할 나위없는 사실이다. 인간의 아기는 어머니의 몸에 매달려 성숙과정을 완료한다. 바로 이런 과정을 통해서만이 아기는 얼굴과 얼굴, 가슴과 가슴을 맞대고 감정이입을 하면서 심도 있는 대화를 나누는 연습을 할 수가 있다. 물론 거기에는 전제조건이 필요하다. 어머니에게 안기거나 업혀 다니며 '자궁 밖의 초기 생활' 에서 회복된 아기는, 자기 종의 본능, 요컨대 보금자리에서 이차적으로 어미의 보살핌을 받는 생물의 본능, 곧 '피부양 생물' 의 본능을 따라야 한다. 이러한 인식과 개념들은 동물학자인 아돌프 포르트만에게서 빌린 것이다. 모든 인간의 종족들이 무의식중에 이러한 천지창조의 계획을 실천하고 있다. 그들 모두 생후 2-3년 동안에는 아기를 포대기에 싸서 보살핀다.

이렇게 어려서 배운 것은 평생의 자산이 된다. 아직도 어린이들을 안거나 업고 다니는 문화권에서 사람들이 감정이입과 사랑에 넘치는 유대관계를 당연하게 여기는 것은 놀라운 일이 아니다.

별이 총총한 하늘도 그렇지만, 인간성이 형성될 수 있도록 배려해준 천지창조의 지혜 또한 그에 못지않게 우리를 놀라게 한다. 인간은 인간의 손을 통해서만 인간적인 존재가 된다. 놀라운 것은 어린아이의 인간성을 형성하는 감성적인 기초가, 여성적인 감성 세계의 보호 아래 놓여있다는 사실이다. 천상에 있는 아버지조차도 아들을 먼저, 아내인 마리아에게 맡겼다.

아버지와의 유대관계는 어느 정도 시간이 지난 후에 형성되어, 어머니의 그것과 약간 다르기는 하지만, 그에 못지않게 커다란 중요성을 갖게 된다. 아무튼 어린이의 감정이입 능력은 아버지에게도 확대되는데, 이 또한 어머니에 대한 그것에 못지않게 중요하다. '낯선 삶의 단계' 에서 생활한 지 약 8달 정도가 되면, 그에 필요한 통로가 설치된다. 아이는 어머니와 아버지에게서 예상했던 감정적 반응들을 신뢰할 수 있다는 사실을 서서히 확신하게 된다. 어머니와 아버지의 행동이 한결같을수록, 아기는 자기인식을 통해서뿐만 아니라 낯선 세계에 대한 지각을 통해서, 자기 자신이 인정받는다는 느낌을 점점 더 많이 받게 된다. 호기심이 커지고, 외부세계에 대해 더 많은 관찰과 탐구가 이루어지면서, 낯선 세계에 대한 지각도 점차 확대된다. 1살 내지 2살 무렵이 되면, 아기는 많은 기회를 통해서, 탐구행위가 자기에게는 기쁨과 즐거움을 안겨주지만, 상대방에게는 짜증과 놀람을 불러일으키기도 한다는 사실을 확인하게 된다. 예를 들어서, 식탁보를 잡아당긴 아이는 식탁 위에 놓인 컵과 잔들이 모두 아래로 떨어져서 깨지는 소리를 들으면서 즐거워한다. 그런데 깜짝 놀라는 어머니의 반응을 보고, 아이는 어머니가 자기와는 전혀 다른 느낌을 받는다는 것을 깨닫는다. 여기서 아이는 나와 너를 구별하기 시작하는데, 언어적으로 이것은 '나'와 '너', '나의 것'과 '너의 것'이라는 낱말의 사용을 통해서 표현되기도 한다.

　앞에서 이미 언급했듯이 반항기에는 주변 사람들과의 대립이 극적으로 첨예화된다. 아이는 부모의 집에서 했던 경험을 점차 바깥세계로 옮긴다. 날이 갈수록 오성과 정신적인 추론능력을 더 많이 발휘하고, 그 결과를 경험한다. 이를테면 자신의 경험에 근거하여, 아이는 유치원에서 울고 있는 아이를 보고 달래줄 필요가 있다고 느낄 수 있다. 그래서 우는 아이를 껴안고 달래주려고 한다. 물론 대부분의 경우, 아이는 저항에 부딪힌다. 우는 그 아이가 자기 또래의 아이보다는 어머니가 달래주기를 더 원하기 때문이다. 아무튼 이것은 감정이입 능력을 최대한으로 발휘할 수 있도록 주춧돌을 놓는 중요한 경험의 하나가 된다. 중요한 것은 다른 사람뿐만 아니라 자기 자신도 다른 사람의 관점에서 바라볼 수 있으며, 그와 동시에 다른 사람도 그때마다 자기 나름대로 또 다른 사람의 관점을 받아들일 수 있다는 사실을 의식하는 능력이다. 철학자 테오도르 리트는 이러한 능력을 관점들의 상호관계라고 표현했다. 물론 거기에는 분석적으로, 또 과거로 거슬러 올라가 생각하는 능력도 필요하다. 다시 말하면 좀더 고차원적인 감성지능의 발달단계가 필요하다. 이 단계는 대략 7살이 되면서부터 형성된다. 한 가지 예를 들어보자. 랄프는 친구 하이코 때문에 크게 화가 나 있다. 그를 걷어차고 싶은 마음이 굴뚝같다. 하지만 그렇게 하기 전에 마음을 자제하고 다음과 같이 생각해본다.

"지금 내가 너를 걷어차면, 그 결과가 어떻게 될까? 네가 눈물을 터뜨릴 때, 내가 널 달랠 수 있을까? 넌 나를 나쁜 아이라고 생각하고, 앞으로는 더 이상 네 놀이친구로 여기지 않겠지? 네가 지금 나의 기분이 어떤지 어느 정도는 알고 있다는 걸, 난 알아. 또 내가 놀이친구인 널 잃고 싶어 하지 않는다는 것을 네가 알고 있다는 것도. 그래서 네게 발길질을 하지 않고, 그 문제에 대해서 너와 이야기를 하기로 했어."

여기 이 아이는 도덕의식에 관한 한 스스로 자신을 조절할 능력을 충분히 갖추고 있다. 이 아이에게는 뒤에서 행동을 이끌어줄 보호자가 필요 없다. 아이 자신의 감정이입 능력이 아이에게 어떻게 행동해야 하는지를 말해주기 때문이다.

이런 예를 통해서 우리는 평소에는 그토록 문명화된 나라의 어린이들이 오늘날 얼마나 감정이입에 대해 무능력하고, 오히려 야만인들처럼 행동하는지 깨달을 수 있다.

2. 감정이입을 저해하는 여러 가지 요인

　내 생각의 한 가운데에는 행동 연구가이자 노벨상 수상자인 니콜라스 틴베르헨의 천재적인 인식이 자리를 잡고 있다. '강제포옹 요법'을 본능에 가장 충실한, 유대관계 장애 치료법으로 끌어들이겠다는 아이디어와 용기는 모두 그에게서 물려받은 것이었다. 그의 이론은 인간의 본능적인 욕구와 기술 만능주의적인 생활양식 사이에 거대한 틈이 벌어져 있다는 전제에서 출발한다. 본능이 변화하려면 수천 년에 달하는 긴 세월이 필요하다. 이를테면 위험을 피해 도망치는 인간의 성향이 변하기까지는 그만한 시간이 걸린다. 그 반면에 생활양식은 엄청난 속도로 발전하는 기술 진보 덕분에 어지러울 정도로 빠르게 변하고 있다. 예민한 인간은 이러한 틈바구니에서 희생자로 전락한다.

　20세기 전반에는 인간이 되는 과정에 대한 아직 연구가 이루어

지지 않고 있었고, 여성의 직관에 속하는 신비적인 영역으로 간주
되고 있었다.(출생 이전의 정신생활, 출생 그 자체, 어린아이 보
호 및 어린이 교육 등도 마찬가지였다.) 그런 상황에서 유물론적
인 사고를 가진 과학자들은 이 과정을 거칠게 단순화하여, 순수하
게 합리적인 관점 아래에서 관찰하였다. 전문가들은 어린이의 감
수성과 상처받기 쉬운 감성을 무시했다. 아마도 마음의 상처라는
것을 측정하기도, 과학적으로 이해하기도 불가능했기 때문이었
을 것이다.(심지어는 그토록 천재적이었던 장 피아제까지도, 어
린이들은 거울 속에서 자신의 얼굴을 인식할 수 있게 되고 난 다
음에 가서야 비로소, 얼굴표정을 흉내 낼 수 있다는 잘못된 주장
을 내세웠다!) 이와 같은 과학적 오류 때문에, 사람들은 신생아를
곧바로 어머니에게서 격리하여 갓난아기 방으로 보냈다. 버릇 나
쁜 아이로 키우지 않으려면, 아이가 울더라도 달래선 안 된다고
진지하게 충고했다. 반항과 슬픔과 같이 바람직하지 못한 감정을
드러내거든, 매를 들고 격리시켜 벌을 주라고 권유했다. 이 자리
를 빌려, 이와 똑같거나 이에 못지않게 해로운 충고들이 오늘날까
지도 여전히 실천에 옮겨지고 있으며, 대학에서 교육학을 가르치
는 교수들도 그렇게 가르치고 있다는 사실을 언급해둘 필요가 있
다. 예를 들어서 그들은 분노를 공격적으로 드러내는 어린아이
는, (이 세계의 대부분의 어린이들이 포대기에 쌓여 이를 경험하
듯이) 두 팔로 껴안아주면서 얼굴을 마주 대하는 대신에, 다른 장
소에 격리시켜 벌을 주어야 한다고 충고한다. 그들은 어른이라는

거울에 비친 갓난아기 언어는 아기가 정확한 언어를 배우는 데 방해가 된다고 주장한다. 그러므로 어른이 갓난아기의 흉내를 내어선 안 된다고 조언한다. 어머니와 의사소통을 하고 감정을 교환하면서 시간을 보내게 하지 말고, 아이를 탁아소에 보내라고 권유한다.(지금도 그렇다.) 비슷한 예를 들라고 하면 끝없이 들 수 있다. 이른바 현대적이라는 이 모든 충고들의 공통점은 감정이입을 억누르는 데 있다고 할 수 있다.

아이와 어머니 사이에 발생한 다층적인 유대관계 장애 때문에, 출생 이전에 이미 그물처럼 형성된 공감과 감정이입의 모든 실마리들이 찢겨지거나, 아니면 적어도 느슨해지게 되었다. 많은 어머니들은 그 유대관계를 다시 복원하여, 잃어버린 안락함과 신뢰를 아이에게 되돌려줄 수 있었지만, 다른 어머니들을 그렇지 못했다. 어느 경우이든, 다소 깊고 어두운 균열이 일생 동안 지속되어, 감정이입 능력, 유대관계를 맺으려는 자세, 사랑의 능력을 계속 키워나가려는 노력에 방해를 일으킨다. 어머니와 맺은 유대관계를 배반당한 경험에서 도무지 헤어나지 못하는 어린이들이 있다. 그들은 다른 사람들의 감정으로부터 자신을 보호하기 위해서, 온몸을 갑옷으로 두르고, 사람보다는 자동차, 텔레비전, 컴퓨터, 저금통장과 같은 기술적인 물건들과 유대관계를 맺으려고 노력한다. 시간이 갈수록 그들은 이웃의 필요를 느끼지 않는다. 심지어 컴퓨터를 상대로 체스를 하기도 한다. 디스코텍에서 춤을 추는 사람들은 파트너와 어울리기보다는 오히려, 혼자서 더 신나게 춤을

춘다. 개인 스포츠 종류도 다양하게 변형되어 점점 그 수가 늘어
나고 있다. 단독 극한 등반, 스노보드, 조깅, 보디빌딩 등이 그런
예이다. 오늘날 물질적으로 풍족한 사람에게는, 다시 한번 사랑
의 배반을 경험할지도 모른다는 불안감으로부터 자신을 보호할
수 있는 기회가 엄청나게 널려 있다. 그는 컴퓨터 모니터 화면에
서 부담 없이 사랑의 경험을 추구할 수 있다. 컴퓨터 모니터 화면
은 그에게 환상적인 기회를 제공한다. 언제든지 전 세계에 전자우
편을 보낼 수 있으며, 실제 친구들뿐만 아니라 가상의 친구들과도
네트워크를 구성할 수 있다. 또 언제든지 화면을 닫을 수도 있다.
머리가 어지러울 정도로 빠른 기술진보는 스스로를 고립시키는
인간들을 사각지대로 옮겨놓는다. 그곳에 가면 현실과 가상현실
을 구분하기가 어려우며, 타인과의 유대관계를 상실하여 불확실
하고 불안정해진 자아를 수많은 자아로 해체할 수가 있다. 공상과
학의 세계가 현실이 된다. 과거에 미래학자들은 그런 현실을 꿈꾸
었다. 오늘날 유전공학자들과 컴퓨터 과학자들은 인간 유전 프로
그램의 변형과 클론을 지극히 현실적인 문제로 다루고 있다. 개인
은 여러 가지 뇌기능의 상호작용에 지나지 않는다. 인간은 이러한
상호작용을 기술적으로 파악할 수 있고, 이에 영향을 미칠 수도
있다. 어린아이들에게 벌써부터 컴퓨터 게임을 제공하고, 가상적
인 존재와 의사소통 하는 법을 가르치고 있다. 그들은 새천년의
어린이가 되어 전진하는 중이다. 인간이 신을 흉내 내고 있다. 그
리고 사랑이 사라지고 있다.

여기서 악순환이 시작된다. 이웃사람들로 이루어진 현실을 기피할수록, 인간은 더욱 더 가상현실에 탐닉하게 된다. 가상현실 속에서 가상의 정체성을 추구하는 정도가 증가할수록, 인간은 이웃사람들로 이루어진 실제 현실에서 더 멀어지게 된다. 아무튼 동경했으나 충족할 수 없었던 사랑의 충동에 떠밀려, 인간은 그 사랑을 찾아 나선다. 하지만 인간은 가상적으로만 사랑을 할 뿐이다. 그의 사랑은 가상세계에 갇혀 있다. 정치학자들은 오늘날 세계화된 세계에서는, 정체성의 위기가 세계적으로 나타날 것이라고 경고한다. 과다행동장애 어린이들, 경계 장애, 자폐증적인 인격, 냉혹한 이기주의자들, 버릇도 없고 스스로 생활할 능력도 없는 '엄마 호텔' 출신의 아이들, 자기 자신만을 사랑하는 나르시시스트들이 등장하는 것은 그 전조 현상에 해당한다. 많은 정신과 의사들이, 실질적으로 과학성을 입증해야 한다는 의무감에서, 정신적 장애의 원인을 생화학적이고 신경증적인 조절장애에서 찾고, 그에 대해서 약물을 처방하는 경향을 보인다. 그 실제 원인의 뿌리가 사랑받고 싶은 욕구에 상처를 입은 것에 있다는 사실을 눈치 챈 사람은 극히 드물다. 태어나자마자 바로, 어머니와 아이를 이어주는, 감정이입이 수반된 유대관계가 단절되면서 그 장애가 시작되었다는 것은 더 더욱 짐작하지 못한다.

하지만 모든 위기는 새로운 것에 대한 기회가 되기도 한다. 유대관계 장애가 누적되자, 바야흐로 보울비, 에인즈워스, 말러, 그로스만, 파푸섹 등과 같은 유대관계 연구자들이 움직이기 시작했다. 그 결과 출산 이전 심리학, 출산 직후 심리학, 그리고 출산 이후 심리학이 생겨날 수 있었다. 그래서 나는 이 책의 서문을 향해 시위를 되돌려, 다시 한번 생각해 보려고 한다. 사랑의 능력이 사라지고 있는 지금 우리에게는, 사랑의 핵심인 감정이입에 대해 깊이 생각하여, 그 정신에 따라 행동해야 한다는 요구가 제기되어 있다.

3. 감정이입을 촉진하기 위한
여러 가지 제안

먼저 회의론자들과 염세주의자들이 자주 제기하는 근본적인 물음에 대해 대답할까 한다. 그들은 어린 시절에 감정이입을 거의 받아본 적이 없는 사람이 과연 그것을 배울 수 있겠는가? 하고 묻는다. 나는 배울 수 있다고 단호하게 대답한다. 내 조국 체코에서 '프라하의 봄' 사태가 일어났을 때, 수많은 사람들과 함께 그와 같은 긍정적인 경험을 한 적이 있다. 그때까지 사람들은 무정하다고 할 수 있을 정도로 아무 생각 없이 인간관계에 임했다. 감정이입이 없는 것이나 거의 마찬가지였다. 1940년대에 시작된 공산주의 독재라는 정치적 상황은 그 끝이 보이지 않았고, 사람들은 자포자기 상태에 빠져있었다. 공산당 독재에 순응하고 협력하면서, 많은 사람들이 자존심을 잃었고, 그 결과 자아정체성까지 상실하게 되었다. 그들은 사방이 벽으로 막힌 자기만의 공간 속으로 물러나, 텔레비전하고만 대화를 나누었다. 자기 형제마저도 믿을 수 없는 세상이었기 때문이었다. 아버지가 아들을, 딸이 어머니를 비밀경찰에 밀고하는 것은 드문 일이 아니었다. 정치적인 상황만이 인간적인 유대관계에 장애가 되었던 것은 아니었다. 민주화된 서구사회가 안고 있던 것과 비슷한 원인들도 그것에 장애가 되었다. 다시 말하면, 기술화된 출산과정, 어머니와 신생아의 분리, 대규모로 이루어지는 어린이의 탁아소 수용 또한, 유대관계의 장애에 원인이 되었다. 공산당 정권 하에서 시작된 경제적 어려움 때문에, 집에서 아이만 보겠다고 나설 수 있는 여성은 거의 없었다. 체코의 어린이들은 탁아소에서도 집에서도 분노를 표현할 길이 없었고, 그 결과 감정이입도 경험할 수가 없었다. 내가 이 책 앞부분에서 기술했던 것처럼, 도로교통에서, 기차 안에서, 계산대 앞에 진을 친 장사진 등에서 볼 수 있었던 장면들과 비슷한 장면들은, 그 당시의 나에게는 매우 낯익은 것들이었다. 독재 정권이 물러났을 때, 해빙이 시작되었다. 말 그대로 진정한 의미의 해빙이었다. 냉랭하던 인간관계들이 따듯해지기 시작했다. 거의 모든 분야에서 사람들은 파괴된 인간성에 대해서 고민했고, 사회주의를 쇄신하고 인간화하여 ‘인간의 얼굴을 한 사회주의’로 만드는 문제에 대해 심사숙고했다. ‘인간의 얼굴을 한 사회주의’는 당시의 이념 투쟁에서 사람들이 내걸었던 구호였다. 1968년 소련군대가 탱크를 앞세워 진주했을 때, 민주주의적인 여러 계획들은 실패로 돌아갔지만, 그것들에 대한 꿈은 오히려 더 생생하게 살아남았다. 두브체크를 위한 서명운동과 산발적인 시위 외에 민중이 할 수 있는 투쟁은, 도처에서 더 의식적으로 인간성을 보여주는 방법밖에 없었다. 이 인간성의 혁명은 야만적이고 무례하게 행동하는 소련점령군에 맞서 벌인 운동이었다.

"우리는 너희보다 더 인간적이다. 너희와 달리, 우리는 모든 이웃을 존중한다."

이 시기만큼 사람들이 서로에게 친절했던 적은 한 번도 없었다. 예절교육을 받아본 적은 없었지만, 젊은이들은 자청해서 노인의 짐을 들어주거나, 유모차를 들고 버스에 오르는 젊은 어머니를 도와주었다. 도와달라고 부탁할 필요가 없었다. 자진해서 다른 사람의 입장에서 생각하고, 그 사람에게 필요한 일이 무엇인지 알아내려고 노력했다. 그것은 사랑에서 우러나온 행동이었다. 사람들은 서로에게서 참으로 커다란 즐거움을 맛보았다. 항복과 함께 꿈도 끝이 났다. 확산되기에는 너무나 짧은 꿈이었다. 그러나 무엇보다도 감정이입이 대중 속에 살아나, 외부를 향해 표현되었다. 물론 모든 사람이 어색해하지 않고, 친숙하게 감정이입을 했던 것은 아니다. 그러기 위해서는 더 오래 학습할 시간이 필요했을 것이다.

나는 감정이입 능력이 깨어난 다른 예들도 알고 있다. 한 여성이 기억에 떠오른다. 원치 않는 아이로 태어나, 어머니에게서 감정이입과 사랑을 받지 못하고 성장하였으나, 자기 아이들에게는 감정이입을 할 수 있었던 여성이었다. 어떻게 그럴 수 있었을까?

그녀는 자기 아이가 어렸을 때부터 아이에게 동반자가 되어주었다. 아이를 사랑하는 마음에서, 아이의 눈으로 보고, 아이의 귀로 듣고, 아이의 코로 냄새 맡고, 아이의 혀로 맛을 보았다. 아이가 즐거워하는 것을 보고 같이 즐거워했으며, 아이와 함께 놀라워했다. 아이가 고통을 느낄 때, 그 고통을 함께 느끼며 아이를 위로했다. 아이에게 감정이입을 하고, 부분적으로는 아이와 자신을 동일시하는 동안, 그녀는 마치 자신이 아직도 아이인 듯, 감정이입이라는 선물을 돌려받았다.

다양한 예를 통해서 나는 이미 감정이입에 해당하는 가장 중요한 측면들에 대해서 거듭 암시한 바 있다. 이 자리에서 그것들에 대해 다시 언급하면서, 몇 가지 조언을 덧붙이려고 한다. 완벽을 기하려고 하지는 않겠다. 말하고 싶은 대로 다 하려면, 두툼한 교과서 한 권이 될지도 모르니까 말이다.

- 감정이입에 필요한 가장 중요한 전제조건은 당신의 감정을 실제로 지각하는 것이다. 자신의 감정을 진솔하게 표현할 수 있어야 한다. 그래야 다른 사람에게, 당신에게 감정이입을 할 기회가 생길 수 있다.
- 당신이 다른 사람에게 감정이입을 할 수 있겠는지 시험해보라! 당신의 친구들과 친지들에게 물어보라.
- 당신의 이웃들에게 감정이입을 할 수 있는 기회를 노려라. 당

신이 감정이입한 것을, 상대가 언제 어떻게 지각하였고, 당신의 어떤 행동이 이웃들에게 즐거움을 주었는지에 대해서, 당신 자신에게 알려주라. 당신의 해석이 옳았는지, 아니면 착각이었는지 확인하는 것이 좋다. 당신이 자신의 감정을 그냥 다른 사람에게 전가하여, 그가 당신과 같은 느낌을 가졌을 것이라고 철썩 같이 믿어버리고는, 그의 감정이 당신과 다르다는 사실을 등한시할 가능성도 있다.

- 당신의 상대에 대해서도 같은 지적을 할 수 있다. 그의 감정이입이 당신을 기쁘게 했다는 사실이 알려지면, 감정이입을 하려고 준비하고 있는 그에게 격려가 될 수 있다.

- 상대방의 이야기에 적극적으로 귀를 기울이는 것은, 감정이입이라는 예술에 가장 중요한 전제조건 가운데 하나이다. 상대에게 들은 말을 되풀이하는 것으로 이미 당신은, 그에게 관심이 있다는 신호를 보낸 셈이 된다. 어찌되었든, 그렇게 함으로써 오해도 피할 수가 있다.

- 상대가 감정을 드러내는 것을 지켜보면서, 특별한 특징(이를테면 웃음)에 속아 다른 특징들을 놓쳐서는 안 된다. 웃는다고 해서, 그 사람의 마음이 반드시 즐거운 것은 아니다. 어쩌면 익살스런 표정으로 깊은 슬픔이나, 불순한 의도를 감추고 있는지도 모른다. 목소리의 울림, 호흡, 또는 몸짓언어와 같은 그 밖의 특징들을 관찰하는 것도 효과가 있다.

- 러시아의 저명한 연출가 스타니스라브스키는 이른바 심신

양면 동작 방법을 창안했다. 그 방법의 덕을 본 연기자들은 자기가 맡은 배역에 깊이 감정이입을 할 수 있었다. 그는 배우에게 자기가 맡은 배역과 비슷한 성격을 가진 사람을 소리 내지 않고, 표정, 자세, 몸짓, 걸음걸이 등을 통해서만 모방하게 하였다. 당신도 한번 이 방법을 실천해보기 바란다. 내가 관찰하고 있는 사람의 육신 속으로 미끄러져 들어가면, 놀라울 정도로 사실적인 성과를 얻을 수 있다. 그것 말고도 널리 알려진 사실이 있다. 자폐증 어린이들은, 상대가 자기를 흉내 내며 이해하고 있다는 것을 알게 되면, 그 사람에 대해서 유독 주의를 집중한다고 한다. 로리 리어스는 『안과 함께 하는 여행』이라는 제목의 훌륭한 책을 통해서, 비장애 형제자매들에게 그 점에 대해 설명한 바 있다.

－감정이입의 어두운 면을 인식할 수 있기 위해서는, 진정한 감정이입과 '사심 있는' 감정이입을 구별하는 것도 중요하다. 그러자면 보통은 상대를 더 자세히 알기 위한 시간과 기회가 더 필요하다. 감정이입을 하면서, 상대가 원하지 않는 부탁을 할 때, 그 어두운 면이 가장 확연하게 드러난다. 물론 여기에는 전제조건이 있어야 한다. 부탁을 받는 상대가, 자기가 원하는 것과 원하지 않는 것을 잘 알 수 있을 정도로, 자기 자신을 인식하고 있어야 한다. '사심 있는' 감정이입과 진정한 감정이입이 뒤섞일 때도 자주 있다.(예를 들면, '너 정말 기술 하나는 타고 났구나. 벌어진 입이 다물어지지 않을 정도야. 그래서 말인

데, 내 바퀴에 스노체인 좀 끼워줄래?") 이런 감정이입 방법은 외교적인 행동으로 볼 수도 있는 만큼, 반드시 상대를 이용하려는 의도로 해석할 필요는 없다. 이용하려는 행동이라고 의심이 갈 경우에는, 솔직한 대화를 통해서 그 점을 지적해주는 것이 바람직하다.

- 두 파트너가 서로 감정이입을 하기 위해 할 수 있는 가장 멋있는 연습은 함께 춤을 추는 것이다. 권할만한 춤으로는 아르헨티나 탱고가 있다.

이번에는 어린이 교육 문제에 대해 이야기해보자.

- 임신 중에는 아기에게, 엄마가 자기를 반갑게 환영하고, 자기가 태어나기를 손꼽아 기다린다는 것을 느낄 수 있게 해주어야 한다.
- 출산 후에도 아기와 공생 관계를 계속 유지해야 한다. 아기를 가슴에 안고, 아기가 내는 소리와 표정을 흉내 내어준다. 무슨 사정이 있어 이것이 불가능하게 되었을 경우에는, 가능한 한 빨리 그것을 만회해주어야 한다. 예를 들어서, 조산을 했을 때와 같은 특별한 경우에는, 아기에게 출산체험도 만회해주어야 한다. 이때는 '강제포옹' 요법 전문가들에게 치료에 관한 도움을 받을 수 있다. 당신은 '강제포옹' 요법의 적임자이다.

- 최소한 1년 동안은 아기를 포대기에 싸서 돌봐주어야 한다.
감성적으로 실컷 공감을 즐기고, 문제 상황에서 평범하면서
도 분명하게 아기와 감정적으로 대면하기("안 돼! 엄마 때리
지 마! 아프단 말이야." 등) 위해서는 그렇게 하는 것이 좋다.
되도록 아이가 체험하는 모든 일에 동반자가 되어 감정을 표
현해준다.("와, 이거 맛있다.", "그네타기가 재미있구나.", "너, 무
척 슬프구나." "너 기분이 좋구나." "이거 공이 크네. 그 그래서 놀랐
구나." 등)
- 아이의 동반자가 되어, 감정을 표현하는 일은 아이가 컸을 때
도 할 수 있다.("너 학교 가기 싫은 거 나도 알아. 하지만 학교엔 가
야 해.", "네가 아무 이유도 없이 여학생들을 때리면, 난 걱정이 되더
라." 등)
- 아이가 감정을 드러냈을 때, 벌을 주어서는 안 된다. 아이의
감정은 모두 존중해주어야 한다. 반항기에 접어든 아이가 거
세게 화를 내더라도 존중해준다. 2-3살 무렵에, 아이가 특정
한 물건이나 자기 자신에 대해서 분노를 터뜨릴 때에는, 일일
이 다 대응할 필요가 없다. 이 나이가 되면, 아이도 실망감을
자기 힘으로 극복하는 법을 배워야 한다. 아이가 당신에게 화
를 낼 때는, 팔을 꽉 붙들면서 아이와 얼굴을 마주 바라보아
야 한다. 아이를 포대기에 싸서 돌봐줄 때 했던 것처럼 말이
다. 이런 방법을 통해서, 아이의 공격적 태도를 용납하고, 또
형성시켜준다. 어머니든 아버지든, 아이를 꽉 붙드는 사람

은, 아이에게 본보기를 보여주어야 한다. 절대로 손찌검을 하거나, 험한 욕설을 사용해서는 안 된다. 아이가 분노를 터뜨릴 때는, 반드시 그 일차적 대상이 되는 사람의 얼굴을 마주 보며, 소리를 지르거나 말로 표현하게 한다.(예를 들어, "엄마! 나 엄마한테 화났어!") 이 과정이 오래 지속되면, 마침내 두 사람이 서로 감정이입을 하고, 다시 사랑이 흐르게 된다.

- 체벌과 아이를 방에 가두는 처벌처럼, 사랑이 사라지게 하는 벌을 주어서는 안 된다. 이런 벌을 주면 감정이입을 할 수 있는 기회가 완전히 사라져 버린다. 물론 아이가 당신 곁에서 화를 내며 길길이 뛸 때에는, 자기 방이나 마당에 가서 마음껏 화를 풀 수 있게 해주는 것도 괜찮다. 당신을 생각해서 이렇게 잠시 떨어지는 것이, 아이에게는 해결책을 제시해주는 것이 되기 때문이다.("나 조용히 전화 좀 하고 싶어. 내 곁에 있고 싶거든, 날 생각해서, 그만 날뛰는 게 좋겠다. 더 마구 화를 내고 싶거든, 네 방으로 들어가 문 좀 닫고 있어.") 물론 이것은 벌이라고 할 수 없다.

- 감정이입을 통해서 아이가 예의범절을 갖출 수 있도록 신경 쓴다.(식사할 때, 식탁에 있는 다른 사람들을 생각해서 소리 지르지 않기, 사람이 걸려 넘어지지 않도록, 현관에 널린 신발들 정리하기.)

- 아이의 경험이 형성되는 주변 세계를 아이와 함께 관찰하면서, 아이가 인간과 사물들 사이의 상호 관계들을 이해하고,

다른 사람의 입장이 되어 생각할 수 있도록 도와준다.(집 앞에서 열쇠를 잃어버린 저 아이의 기분이 어떨 거라고 생각하니? 넌 저 아이를 도와줄 수 있겠니?)

- 텔레비전 시청을 최소한으로 줄인다. 어린이의 시청이 허용된 영화는 항상 어른이 함께 보고, 영화 주인공이 처한 상황과 줄거리에 대해서 아이가 감정이입을 할 수 있도록, 아이와 종합 정리를 해야 한다.

- 본질적으로 볼 때는, 어린이에게 책을 읽어주는 것이 수동적으로 텔레비전 화면을 쳐다보는 것보다 더 가치 있는 행동이다. 책을 읽어주면, 아이는 전체 줄거리를 자신의 상상 속에서 화면으로 그려보면서, 사이사이에 질문을 던질 수 있는 기회를 가질 수가 있다.

- 직접 배역을 맡아 연기를 해보는 것이 아이에게는 훨씬 더 도움이 된다. 다양한 배역에 대해 감정이입을 하기 때문이다. 상상을 통해서 할 수도 있고, 온몸으로, 동작과 감정, 말과 환상을 통해서 할 수도 있다. 이때 아이는 다른 연기자들에게 자신을 맞춰야 한다. 그렇게 해서 전체 사건을 통째로 경험하게 된다.

- 아이에게 내세우는 모든 규칙을 부모 자신도 지켜야 한다. 말다툼을 했을 때는, 화해할 때까지 감정적으로 대면해야 한다. 또 텔레비전 시청을 자제하는 규칙도 지켜야 한다.

우리는 이 지구화된 세계에서 인간의 운명이 판가름 날 전환점
에 다가가고 있다. 그때가 되면 각자가 사랑을 회복하는 데 필요
한 책임을 떠맡아야 한다. 그런 점에서 볼 때, 부모의 역할이 유전
자 연구자와 정보처리 과학자보다 훨씬 더 중요하다고 할 수 있
다. 본래부터 부모는 이 세상에서 가장 중요한 사람이다. 이 부모
의 아이들과, 그 아이들의 아이들이 앞으로 이 세상의 모습을 결
정할 것이기 때문이다. 헤르만 헤세의 시에 이 점이 아주 그럴 듯
하게 표현되어 있다.

그러므로 그대는 모든 존재에게

형제와 자매가 되어야 한다.

그들이 널 송두리째 사로잡도록.

네가 내 것, 네 것을 가르지 않도록.

별 하나, 잎사귀 하나 홀로 떨어져서는 안 되리

그러면 그대 또한 만물과 더불어

언제든 소생할지니.

헤르만 헤세

신홍민

1956년 전북 남원에서 태어나 한국외국어대학교 독일어과를 졸업하고,
동대학원에서 독문학 박사 학위를 받았다. 한국외국어대학교, 서울시립대학교,
성신여자대학교에서 독일 문학을 강의했으며, 현재 덕성여자대학교, 대진대
겸임교수로 독일 문학과 동화를 강의하는 한편, 전문번역가로도 활동중이다.
역서로는 〈부모와 아이 사이〉 〈부모와 십대 사이〉 〈교사와 학생 사이〉
〈평화는 어디에서 오나〉 〈사랑의 매는 없다〉 등이 있다.

나밖에 모르는 사람들

초판 1쇄 인쇄 | 2006년 3월 10일
초판 1쇄 발행 | 2006년 3월 15일

지은이 | 이리나 프레콥
옮긴이 | 신홍민

펴낸이 | 한익수
펴낸곳 | 도서출판 큰나무

등록 | 1993년 11월 30일(제5-396호)
주소 | 120-837 서울시 서대문구 충정로 3가 3-95 2층
전화 | (02) 365-1845 ~6
팩스 | (02) 365-1847

이메일 | btreepub@chol.com
홈페이지 | www.bigtreepub.co.kr

값 8,500 원
ISBN 89-7891-212-5   03850